시간 여행

느티나무문우회 창립 20주년 기념문집

시간 여행

펴낸날	초판 1쇄 2025년 6월 20일
지은이	느티나무문우회
펴낸이	서용순
펴낸곳	이지출판
출판등록	1997년 9월 10일 제300-2005-156호
주소	03131 서울시 종로구 율곡로6길 36 월드오피스텔 903호
전화	02-743-7661 **팩스** 02-743-7621
이메일	easy7661@naver.com
디자인	조성윤
인쇄	ICAN
물류	(주)비앤북스

ⓒ 2025 느티나무문우회

값 15,000원

ISBN 979-11-5555-257-5 03810

※ 잘못된 책은 구입하신 서점에서 바꿔 드립니다.

느티나무문우회 창립 20주년 기념문집

시간 여행

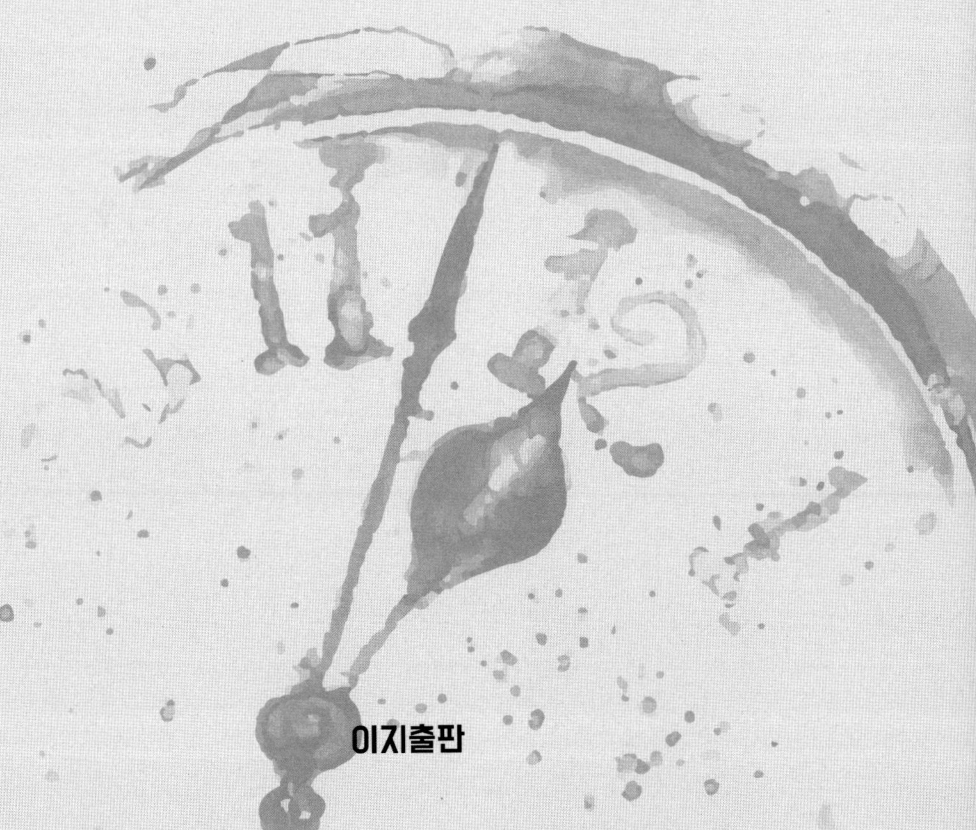

이지출판

느티나무 아래서 20년, 그 시간 여행

생의 기운이 가지마다 차오른 신록의 계절, 우리 '느티나무문우회'는 창립 20주년을 맞아 여섯 번째 동인지를 엮습니다. 문학이란 이름 하나에 이끌려 모인 이들이 어느덧 스무 해를 함께 걸어왔습니다. 느티나무문우회도 그 이름처럼 한 그루 나무로 조용히 뿌리내리고 묵묵히 자라 왔음을 새삼 실감합니다.

퇴직 후 삶의 균형이 흔들리던 어느 날, 지난 시간을 되짚듯 글을 쓰기 시작했습니다. 수필이라는 느긋한 언어를 통해 다시 청년처럼 가슴 뛰는 순간들을 만났습니다. 특별한 문장을 좇기보다 주변을 오래 바라보는 일이었습니다. 그 시간의 결속에서 지나온 삶이 새롭게 보였고, 그 시선이 하루를 견디는 힘이 되었으며 오늘의 나를 지탱하는 뿌리가 되었습니다.

무엇보다 글로 맺은 인연, 느티나무문우회가 잊고 있던 열정과 생기를 다시 일깨워 주었습니다. 글을 쓰고 토론하는 시간은 단순한 창작 과정이 아니라 삶의 리듬을 회복하고 내면을 가다듬는 여정입니다. 회원들이 매달 모여 서로의 글에 귀 기울이며 쌓아온 우정은 어느새 뿌리 깊은 나무처럼 견고해졌습니다. 우리는 이제 문우를 넘어 마음을 나누는 벗이 되었습니다.

글은 결국 그 사람을 닮습니다. 서툰 문장 속에도 저마다의 결이 스며 있고, 담담한 어조 속에도 흔들림 없는 진심이 배어 있습니다. 글을 쓰며 나를 들여다보고, 타인의 생각을 통해 마음을 넓혀 갑니다. 그렇게 한 편 한 편 써 내려가며 삶의 밑동이 단단해짐을 느낍니다. 수필의 느린 언어 속을 유영하다 보면 조금 더 성숙해지고 순해진 얼굴로 나이 들어가리라 믿고 싶습니다.

아울러 문우회의 씨앗을 틔우고 든든한 나무로 자라도록 길잡이가 되어 주신 일현 손광성 선생님께 깊이 감사드립니다. 또한 이번 동인지를 정성껏 엮어 주신 이지출판사 서용순 대표님께도 따뜻한 인사를 전합니다.

지난 20년은 글로 떠난 '시간 여행'이었습니다. 이제 우리는 또 한 번의 시작점에 섰습니다. 지난 20년이 그러했듯, 앞으로의 걸음도 느티나무 아래에서 함께하리라 믿습니다. 시간이 흐르고 모습은 달라질지라도 마음만은 오래도록 변함이 없기를, 우리의 '시간 여행'이 문장이 아닌 사람으로 빚어진 서사로 기억되기를 바랍니다.

2025년 6월

느티나무문우회 회장 서장원

차례

서민웅

돌 문진
동구릉의 하루
모래시계
어머니, 올해도 차례를 올렸습니다

miwoo127@hanmail.net

돌 문진

　조그만 돌 한 개가 책상 위에 놓여 있다. 타원형 돌 문진(文鎭)이다. 달걀을 살짝 눌러 놓은 것처럼 납작하고 갸름한 모양이다. 십오 년 전, 직원 몇 명과 어울려 동료 초대를 받아 충청남도 태안에 놀러 갔을 때였다. 그곳 바닷가엔 직장 동료가 퇴직 후에 살려고 마련한 집이 있었다. 집은 바다와 어울려 별장 같았다.

　그 동료는 네댓 명이 탈 수 있는 모터보트를 가지고 있었다. 바닷바람이나 쐬자며 바다로 나가자고 했다. 보트는 바다라고 느끼지 못할 정도로 잔잔한 물결을 가르며 한참을 달리다 몽산포 앞바다 풀등에서 멈췄다. 그때는 풀등이 무엇인지도 몰랐다. 알고 보니 썰물에 바닷물이 빠지면 바닥이 드러나고, 다시 들어오면 물에 잠기는 곳. 그런 곳을 풀등이라 했다. 때마침 물이 빠진 풀등에는 바닷물에 깎이고 다른 돌과 부딪치며 닳은 동글납작한 작은 돌이 장식한 것처럼 빈틈없이 깔려 있었다. 금방 물이 빠져 젖은 돌은 햇빛을 받아 반짝이며 나를 유혹했다. 동료들은 무심했지만, 나는 동글납작하게 예쁜 돌 몇 개를 문진으로 쓸 생각으로 주웠다.

　그렇게 시작한 돌 줍기는 그 뒤에도 이어졌다. 무엇이든 관심을 가지면 보이게 마련이다. 바다나 산, 계곡을 가면 아기 주먹만 하게 닳은 돌이 눈에 띄었다. 마음에 드는 놈으로 한 곳에서 한 개씩만 주웠다. 산골짜기에선 그렇게 반들반들한 돌을 만나기가 쉽지 않았다. 꼭 수집해야 하는 것도 아니고, 비록 작은 돌일지라도 그가 살던 장소에서 함부로 옮기면 자연을 훼손하는 것이라는 생각에 꼭 줍겠다는 부담도 없었다. 눈에 띄면 한 개 주워 오고 안 띄면 그냥 오고…. 집에 돌아오면 돌을 깨끗이 닦고 주운 날짜와 장소를 네임펜으로 반듯하게 써 놓았다.

　어느덧 돌이 열댓 개가 넘어 이제는 더 줍지 않는다. 문진용으로는 두세 개면 충분하다, 수석처럼 특별한 무늬가 있는 장식용도 아니고, 더 늘어나면 놓아 둘 곳도 마땅치 않았다. 생각 끝에 여기저기 놓인 돌을 모아 컴퓨터 모니터 받침 상자에 넣어 두었다. 얼마 전 별다른 생각 없이 상자에서 돌을 꺼내 보았다. 그런데 돌에 써놓은 날짜와 장소가 한 개 한 개 그 돌을 줍던 때를 떠올려 주었다.

　책상 위에 문진으로 쓰는 돌을 다시 들여다보았다. 흠 하나 없이 잘 깎아 놓은 대리석처럼 반들반들하다. 백령도에서 주운 돌이다. 이 섬은 규암으로 이루어져 있다. 이런 돌은 해안의 규암 절벽의 부서진 바위 조각들이 파도에 마모되어 예쁘게 만들어진 것이라 한다. 잔 것부터 굵은 자갈까지 닳고 닳아 표면이 반질반질할 뿐만 아니라 흰색, 갈색, 보라색, 검은색 등 색상과 무늬가 다양하다. 이런 자갈 중에 내 눈에 띈 놈이 지금 책상 위에 놓인 돌 문진이다.

모난 돌이 이렇게 파도에 닳으려면 얼마나 긴 시간이 걸렸을까? 돌이 반들반들 닳는 데 얼마나 긴 세월이 걸리는지 자료를 찾을 수 없었다. 수천 년, 아니 수만 년이 걸렸을지도 모르겠다. 수천 년, 수만 년을 살아온 돌이 백 년도 못 산 내 손안에서 산뜻한 감촉으로 체온을 나누고 나와 눈을 맞추는 중이니 얼마나 황홀한 일인가.

다시 다른 돌을 한 개씩 꺼내 들고 살펴보았다. 충청도 고향에 갔을 때 충주 달래강 줄기에서, 아내와 함께 손자를 데리고 놀러 갔을 때 통영이나 완도 또는 청산도에서, 친구들과 영종도를 거쳐 무의도에 갔을 때 실미도에서, 후배들과 서해 5도에 놀러 갔을 때 백령도와 대청도에서 주운 돌 등 모두 지난 좋은 추억들을 회상하게 해 주었다. 그중에도 내가 특히 좋아하는 바닷가에서 주운 돌이 대부분이었다.

모니터 아래 상자 안에 갇힌 그들은 모여 앉아 무슨 얘기를 나눌까? 분명 한국 이야기부터 먼저 꺼내지 않을까. 아득한 옛날이지만 자기가 태어난 곳이 이 땅이니까. 땅에서 태어난 돌은 땅 이야기를, 바다에서 태어난 돌은 바다 이야기를 먼저 하겠지. 또 바람 타고 들려오는 세상 사람들의 좋은 얘기, 나쁜 얘기도 나누겠지.

다정다감하게 이야기를 나눌까? 아니면 논쟁을 벌일까? 그 긴 세월 동안 보아온 인간 세상의 변화무쌍함이 한갓 구름 한 조각이라고 할까. 온갖 탐욕과 그로 인한 치욕으로 얼룩진 헛된 영예에 얽매인 인간의 삶을 비웃을까. 백 년도 살기 어려운 인간들이 하는 양을 보면 참으로 어리석다고 하지 않을까. 선조들이 겪은 역사에서 삶의 지혜를 얻지 못하고 서로 죽이는 전쟁까지 벌이는 인간들, 서로 반목하고 서로 잘났다고 뻐기는 인간 군상들. 어느 돌인지 세상만사 새옹지마라며 조용히 하자고 나설지도 모르겠다.

모니터 아래 상자 속에 모여 있는 돌아! 문진이 책 속에 온갖 이야기를 무념 속에 지나치듯, 이제 세상사 걱정은 접어 두고 조용히 쉬려무나. 특히 주인이 외출해도 책 장 사이에 끼어 방을 지켜 주는 백령도 돌 문진, 네가 살던 백령도의 철썩거리던 바다를 그리워할 너, 인제 보니 내가 외출해도 오롯이 내 방을 지켜 주고 있구나. 점점 나태해지려는 내 마음을 다독여 주는 너에게 차라리 이 방의 주인 노릇을 위임하려마.

동구릉의 하루

지난 한여름 구리시에 사는 친구의 집을 찾았다. 친구는 집보다는 낫겠다며 멀지 않은 동구릉에나 가서 이야기를 나누자며 일어섰다. 동구릉은 몇 해 전 유네스코 세계문화유산으로 등재된 곳이다.

조선 태조의 건원릉(健元陵)과 24대 헌종의 경릉(景陵)까지 9릉 17위의 왕과 왕후가 안장된 곳이다. 맨 위쪽에 건원릉, 그 왼쪽으로 휘릉, 원릉, 경릉, 혜릉, 숭릉이 있고, 오른쪽으로 목릉, 현릉, 수릉이 있다. 태조가 사망한 1408년부터 현종이 사망한 1849년까지는 440여 년이나 되는 긴 세월이 묻혀 있다. 17위나 되는 능의 주인공은 종묘에 혼은 두고 육신만 이 능에 묻힌 것이다.

이 능은 대학 1학년 때 같은 과 친구들과 처음 발을 디뎌 본 곳이다. 지금은 큰 빌딩으로 변해 흔적도 없는 성동역에서 경춘선을 탔었다. 그때는 모처럼 기차를 타면 타는 것만으로 마음이 설렜다. 구리역에서 내려 포장하지 않은 도로를 꽤 오래 걸었던 기억이 어슴푸레 떠올랐다. 먹을 걸 잔뜩 챙겨 들고 걸어가기에는 꽤 초간(稍間)한 거리였다. 지금은 능에서 음식을 먹을 수 없지만, 당시는 마음놓고 먹고 마시고 떠들 수 있는 편한 장소이기도 했다.

당시 서울 시민들이 휴일을 즐길 만한 곳이 적어 야유회를 간다면 주로 왕릉 아니면 궁을 많이 찾았다. 요즘은 등산이 국민 스포츠가 되어 전국에 유명산은 사람으로 넘쳐나지만, 그때는 산을 찾는 사람이 드물었다. 어쩌다 가까운 도봉산이나 수락산을 가더라도 여름에는 산발치 계곡물에 발을 담그고, 가을철에는 골짜기 단풍을 즐기는 게 고작이었다. 그럴 때 서울 근교이면서도 한적하고 넓은 동구릉은 젊은이에게 모임 장소로 꽤 인기가 많은 곳이었다.

그런데 지금은 능 밖이 구리 시내와 이어져 예전처럼 한적한 맛은 사라졌다. 그러나 능으로 들어가니 그렇게 한적할 수 없었다. 서울 워커힐과 이십여 리, 깊은 산속에 온 것처럼 이렇게 조용한 곳이 있다니… 우선 넓게 잔디가 깔린 능침이 마음을 후련하게 해 주었다. 능 주변에는 소나무 외에도 신나무, 오리나무, 들메나무, 상수리나무, 갈참나무 들이 우거졌다. 숲은 능 밖에서 느꼈던 도시의 후텁지근한 공기와 냄새에 젖었던 답답한 마음을 자연의 세계로 이끌고 들어갔다.

먼저 가장 위쪽 조선 태조 건원릉으로 직행했다. 어느 왕보다 익숙한 왕이다. 능 입구에 선 홍살문을 지나 참도(參道)를 따라 정자각으로 갔다. 정자각 앞 동서 양쪽에 능 관리 관원들이 머무는 수복방, 제물을 차리는 수라방이 있고, 그 동쪽에는 비각이 서 있었다.

봉분 밑부분은 십이각(十二角)의 호석(護石)을 쌓고, 각각 중심에 태극(太極)

무늬와 신령스러움을 상징하는 방울이나 공이 모양의 무늬를 왼쪽 오른쪽에 새겼다. 또 각 면에는 뭉게뭉게 피어나는 구름무늬 안에 동물의 머리, 사람의 몸인 십이지신상을 새겼다. 그리고 면석(面石)과 우석(隅石) 아래쪽에는 상서로움을 상징하는 영지(靈芝)를 새겼다.

그 앞에 고석(鼓石)으로 받친 혼유석(석상), 그 좌우로 망주석을 세웠다. 석양과 석호는 능을 수호하는 모습으로 밖을 향하여 교대로 배치했다. 혼유석 앞에는 장명등을 세우고, 봉분의 동서북쪽 3면에 낮은 담을 둘렀다. 봉분 앞에 한층 낮춰 문인석과 무인석 1~2쌍과 그 뒤에 석마가 서 있다.

다음에는 걸어 내려오면서 영조의 원릉, 헌종의 경릉, 경종의 혜릉을 차례로 보았다. 나머지 능은 능침에 관한 지식이 적은 나는 비슷비슷한 능을 비교하며 보기는 버겁고 덥기도 해 포기했다. 이곳에 누운 한 사람 한 사람은 생존 당시에 서로 사랑하고 시기하며 조선의 국운을 좌우했을 것이다. 하지만 후세인들이 이렇게 저렇게 사실이 아닌 말을 떠들어 댄다 한들 이제는 누구 하나 말을 할 수 없다. 서슬 퍼런 눈은 한번 감으면 그것으로 그의 세상은 끝나고 역사 속으로 묻힐 터이니.

요즘 시내에 붙어 있으면서도 생활 소음이 들리지 않는 곳, 이런 곳이 멀지 않은 곳에 있는 걸 오랫동안 잊고 살아왔다. 그늘에 앉아서 준비해 간 부채로 한여름 햇볕을 달래며 친구와 이런저런 이야기를 나누니 그것도 괜찮았다. 이렇게 친구와 한적한 곳에 앉아 얘기를 나눠 본 적이 언제 있었던가?

여름이어서 매미만이 제 세상이다. 시원하게 합창하는 매미 소리에 어느새 고향의 어린 시절로 빠져들어 갔다. 고향 마을에는 고려 중기 문신 민영모의 묘가 있었다. 능의 곡장처럼 둘레에는 튼튼하게 담을 둘러쌓고 큰 봉분과 비석이 있었다. 담 남서쪽에 있는 솟을삼문은 늘 큼지막한 대롱자물쇠가 잠겨 그 안에 무엇이 있을까 궁금하게 만들었다. 대문 앞은 넓은 풀밭으로 꼬마들의 병정 놀이터였다. 초등학교 다닐 때 햇살이 따듯하게 내리쬐는 봄, 심심할 때면 몰래 담을 타고 넘어 들어갔다. 누구도 없는 그곳, 봉분에 기대 누워 해바라기하며 논 건 나만의 비밀이다.

"친구, 이제 일어나 볼까?"

친구의 말에 잠시 고향 속을 누비던 정신이 제자리로 돌아왔다. 눈앞에는 동구릉이 그대로 펼쳐져 있고, 매미는 아직도 다음 세대를 이어 주려고 노래를 그칠 줄 몰랐다. 친구와 보낸 기분 좋은 하루였다.

모래시계

　모래시계를 자주 접하는 곳은 동네 목욕탕이다. 모래시계는 우리에게 익숙한 시침이나 분침이 없다. 그렇다고 숫자로 시간을 알려 주는 것도 아니다. 결국 모래시계는 보통 시계가 현재 시각을 나타내는 것과 달리 정해진 시간의 시작과 끝의 간격을 모래의 흐름으로 바꾸어 놓은 것이다. 보이지 않는 시간이 부피, 즉 양으로 입체화한다. 시계를 만들 때 모래가 모두 흘러내리는 시간을 3분, 5분, 10분 또는 30분이 걸리도록 맞추어 놓은 것이다. 그러므로 같은 시간 간격을 반복해서 알아야 할 때 알맞은 도구다.

　모래시계는 15세기에 유럽에서 처음 알려졌다고 한다. 서양의 배(梨) 모양으로 생긴 유리 구(球) 두 개를 좁고 잘록하게 연결해 한쪽 유리구에 건조한 모래를 채우고 다른 쪽 유리구를 연결해 틀 안에 고정했다. 이런 모래시계는 19세기까지 배 위에서 당직 시간을 잴 때나 배의 속력을 재는 속도 측정기로 쓰였다. 또 목사가 설교 시간을 잴 때도, 달걀을 삶을 때도 모래시계를 활용하였다. 영국 의회 상원에서는 의사당에 설치한 모래시계의 모래가 다 흘러내리기 전에 의사당에 들어오지 못하면 투표할 수 없었다고 한다.

내 기억에 모래시계는 1995년에 크게 히트한 텔레비전 드라마부터 생각난다. 서울의 정동쪽이라는 이름도 한몫했지만, 이 연속극으로 명소가 된 곳이 정동진이다. 별 볼거리 없던 그 바닷가에 새천년의 희망과 발전을 기원해 1999년 12억 원 넘는 돈을 들여 모래시계를 만들었다. 이 시계는 우리가 아는 호리병 모양이 아닌 지름 8미터가 넘는 원형 조형물이다. 시계의 모래 8톤이 모두 떨어지는 데 꼭 한 해가 걸린다. 새해 해돋이 행사 때 자정을 넘기면서 그 모래시계 아래위를 바꿔 놓는 회전식을 한다. 이 해돋이 행사에는 관광객 수십만 명이 몰려든다.

그리고 2005년 5월 서울에서 열린 '세계도시기후정상회의'를 기념해 서울광장에 아래위가 8미터나 되는 커다란 모래시계를 설치했다. 기후 변화의 심각성을 경고하는 의미에서 시계 윗부분에는 모래 대신 온난화로 지구가 녹아내리는 3.5미터 크기 지구본을 넣고, 아래쪽에는 도시 빌딩가가 녹아내린 물에 잠기는 모습을 형상화하였다. 점점 빨라지는 지구 기후 변화에 대처할 시간이 그리 많지 않다는 메시지를 나타낸 것이라고 한다.

처음 증기탕이 생겼을 때, 증기탕에 들어가 땀을 빼는 사람을 게으른 사람이라고 생각했었다. 땀은 일을 하면서 흘리거나 운동을 해서 빼야지 뜨거운 탕에 앉아서 억지로 빼는 것은 잘못으로 치부했었다. 얼마나 땀을 흘릴 일이나 운동을 하지 않으면 저렇게 증기탕 신세까지 지나 그런 마음이었다.

그런데 언제부터인가 나도 그곳에 드나들기 시작했다. 습관이 되면 생각도 바뀌어 동화되기 마련인가 보다. 몸이 불어난 것도 아닌데, 목욕탕에 가면 으레 거치는 절차가 되었다. 증기탕에 들어가자마자 모래가 모두 내려간 채 놓고 있는 모래시계를 뒤집어 놓는다. 나를 위한 일을 시키기 위한 것이다. 시간이 모래로 변하여 미세한 양으로 나타나는 모습을 본다. 증기탕 안의 모래시계는 모래를 흘러내리며 내 마음을 지휘한다.

흘러내리는 모래를 보면서 땀을 내려는 욕망보다 얼마나 오랫동안 뜨거움을 견디나 내 인내심을 잰다. 겨우 5분 정도지만 그 시간이 지나가기를 하나부터 세기도 하고, 몸을 좌우로 흔들기도 하면서 땀을 쏟는다. 5분 만에 모두 흘러내리는 그 시계가 내 마음을 가지고 노는 통제자 노릇을 한다. 나는 모래시계를 볼 때처럼 언제 초를 다투며 치열하게 살아온 적이 있었나 하고 되돌아보기도 한다. 우리가 사는 일상도 그렇게 마디게 시간을 활용한다면 그런 사람은 분명 후회하지 않는 삶을 사는 것이리라.

살아 있은 것은 끝이 있다. 모래시계는 언젠가 끝이 있음을 알려 주고 그 끝을 향해 줄어드는 시간과 남은 시간을 알려 준다. 한정된 인생이 죽음을 향해서 달려가는 기차와 같다고 한다면, 아래쪽에 쌓이는 모래만큼 내 몸에서 삶의 시간을 앗아가는 것이다. 그러니 마냥 모래가 흐르기만 바랄 수는 없다.

　모래시계를 가만히 쳐다보면 영락없이 조그만 장구 모양이다. 장구 왼편은 쇠가죽으로 손으로 치면 '텅텅' 저음이 나오고, 오른편은 말가죽으로 채로 치면 '탱탱' 고음이 나온다. 이렇게 땀을 흘리고 있을 때, 모래시계 장구의 흐름에 맞춰 〈한오백년〉이나 〈영산회상〉 같은 국악 한 자락이라도 조용히 흘러나왔으면 더없이 좋을 것 같다. 그러면 모래시계 모래의 양을 계속 눈가늠하기보다는 그 음악 소리에 명상의 세계로 빠져들 수 있지 않을까.

어머니, 올해도 차례를 올렸습니다

　어머니, 설 명절이 지났습니다. 아들, 손주들과 차례를 올렸지요. 어머니께서 그날 본 제 손주에게는 증조할머니가 되시는군요. 그 아이들이야 어머니를 사진으로만 뵈었으니 얼마나 정이 있어 그리움이 생겨날까 하면서도 증조할머니라고 또 알려 주었습니다.

　설을 지냈으니 올해도 봄을 알리는 매화, 개나리, 진달래, 벚꽃, 목련이 차례로 피어나겠지요. 그러면 사람들은 꽃 세상이 왔다고 이리저리 찾아다니며 즐기겠지요. 세상은 이렇게 흘러 다음 세대로 이어지는가 봅니다.

　지금은 가깝고도 먼 곳에 계시는 어머니, 제 마음에는 이 몸 안에 있고, 그러면서도 어디 계시는지 모르는 어머니. 이 편지를 쓰더라도 아무것도 모르시고 스무 해나 고향 땅을 지키며 누워 계시는 어머니, 이제는 읽으실 수도 없고, 다른 사람이 읽어 드려도 무슨 말인지 알아듣지도 못하는 지금에야 어머니께 편지를 씁니다.

　막상 이렇게 글을 쓰면서 생각해 보니 어머니께 편지를 썼던 기억이 잘 나지 않는군요. 스무 살까지는 고향 집에서 어머니 곁을 떠나지 않고 늘 어머니와 함께했습니다. 농사일을 하러 들에 나갈 때는 물론 십 리 길 모라네 장터에 갈 때도 졸졸 따라다녔습니다. 대학 다닐 때는 두어 시간이면 가서 뵐 수 있는 서울에 살았으니까요. 언제 편지를 쓴 적이 있나 하고 되짚어 봐도 군대 갔을 때나 썼을까, 생각이 나지 않습니다. 군대에서도 대개 '본가 입납(本家入納)'이라고 보냈으니까요.

병석에 누우시기 전에는 옆에 어르신들이 어머님께서 건강하시냐고 안부를 여쭈면 저는 거침없이 건강하시다고 대답할 수 있었지요. 막내 아들이 사는 고향에 계실 때는 어둑새벽 텃밭에 나가 집에서 먹을 채소를 가꾸시고, 늦둥이 손자하고 잘 지내고 계셔서 고마웠습니다. 다른 사람에게는 입에 바른 말로 노인네 일이라 모른다고 하면서도, 어머니께서 어느 날 하루아침에 아무것도 모르고 누워 계실 줄은 꿈에도 생각 못 했습니다.

스물세 해 전, 갑자기 쓰러져 병원으로 모시고 갔을 때만 해도 퇴원하면 어느 정도 회복되어 걸어 다니실 줄 믿었습니다. 저는 둘째라는 핑계로 어머니가 계신 형님 댁에도 자주 가지 못했습니다. 형님 댁에 가서 어머니 얼굴을 바라보면, 처음 병석에 누우실 때는 얼굴에 미소를 지었습니다. 그것을 보고 아! 어머니가 알아보시는구나 하고 마음이 한결 가벼웠습니다. 그런데 일 년이 지나며 표정에 변화가 없으셔서 안타까운 마음이 가슴을 에었습니다.

어떤 때는 형님과 둘이 앉아서 어머님이 돌아가실 때를 대비하여 어머님 곁에서 이렇게 저렇게 하자는 얘기를 한 적도 있습니다. 어머님이 이런 내용을 혹시 알아듣지 않으실지 죄스러운 마음이 들기도 하였습니다.

하루는 어머님의 팔과 다리를 주무르며 문자로만 쓰던 '피골이 상접했다'는 말이 어떤 것인지 새삼 알았습니다. 텔레비전에서 아무리 가난한 아프리카 어린이를 비춰도 그것은 피골이 상접했다는 말로 과장하여 표현한 것이라고요. 어머니를 뵙고 돌아온 어느 날, 제 가슴에는 응어리가 풀리지 않아 글을 지었습니다. 마음속 감정을 글로나마 쓰니까 에던 가슴이 조금 풀리는 듯하기도 하였습니다.

앉아 있을 힘만 있어도

나무아미타불
나무아미타불

앉아 있을 힘만 있어도
편히 누워 있을 힘만 있어도
말을 할 수 있는 힘만 있어도
괴로운 표정을 지을 수만 있어도
이승과 저승의 갈림길에서
가까워진 저승의 문턱에서

나무아미타불

관세음보살

오! 어머니

어머님은 평생 절을 찾으셨어요. 그래서 집안 식구 모두 절에 다녔지요. 형님도, 저도, 막내도, 누이동생들도 어머님이 편안한 곳으로 가시라고 마음속으로나마 불경을 가까이했습니다.

어찌 보면 어머님이 알아듣지도 못하는데 불경이 무슨 소용이 있긴 하였겠어요. 다 자신을 위로하고 마음 편하게 지내자고 하는 것이었지요. 그래도 어머니, 지금이라도 어머니는 자식들이 잘했다고 하실 거예요. 아버지가 돌아가신 후에도 서른 해가 넘도록 자식들을 위해 쇠갈퀴 같은 손이 되셨으나, 자식들이 편안하면 용서해 주시리라고 생각합니다.

어머니, 제가 팔순이 지났습니다. 돌아가시기 전 시집간 제 딸애의 큰 아들이 벌써 대학생이고, 아들네 손자가 고등학교에 입학했습니다. 어머니가 병석에 계시기 전, 글 쓴다며 고향에 함께 살던 어머니 막내아들네 늦둥이 손자는 공직 시험에 합격해 사회생활에 발을 내디뎠습니다. 쓰러지신 뒤 앞을 보지 못하면서도 고향에 가야 한다며 짚이는 아무 신발이나 꿰려고 고집 세우시던 그 막내아들네 손자 말입니다. 저는 어머니가 이런 집안의 대소사를 모두 알고 계시리라 생각합니다. 그래야

기뻐하기도 하고 잔소리도 하며, 덜 답답하실 테니까요.

어머님, 이제 편지를 그만 써야겠습니다. 이 편지가 어쩌면 처음이자 마지막이 될지도 모르겠습니다. 세월이 그렇게 흘렀는데도 갑자기 안경이 흐려지네요. 여든 살이 넘는 작은아들이 바보 같지요? 거실에 있는 자식들이 볼까 저어됩니다. 이제 팔순이 지났으니 온갖 세상일에 일희일비하지 않을 때도 되었는데 말입니다.

어머니, 어머니가 저를 사랑했듯 이제야 저도 어머니를 그만큼 사랑하는 걸 알게 되었습니다. 어머니, 지금 계신 곳에서라도 덜 고생하시고 즐거움을 누리소서. 이런 마음으로 줄입니다.

돌아가신 지 스무 해 설날을 지내고 작은아들 올림

김은

다시 한 걸음을
그녀의 부재

euneun1821@naver.com

다시 한 걸음을

도두봉에서 내려다보이는 활주로에 비행기가 쉴 새 없이 뜨고 내린다. 제주공항 이륙을 위해 순서를 기다리며 줄지어 있는 비행기들. 또다른 비행기가 후미에 붙는다. 선두에 있던 비행기가 대기 줄에서 빠져나와 천천히 활주로에 진입한다. 잠시 내달리나 싶더니 이내 공중부양하여 가파르게 대각선으로 날아오른다. 순식간에 점이 되어 사라져 버리자 새로운 점이 나타나 활주로를 향해 동체를 낮춘다. 활주로를 밀어내는 바퀴의 터질 듯한 굉음. 그 굉음에 나는 삼키지 못한 울음을 숨긴다.

끊어 내고 싶었으나 절대 그렇게 될 리 없을 거라 생각했던 인연과 결국, 등을 지게 되었다. 차곡차곡 쌓아 온 나의 모든 시간은 아무것도 아닌 것이 되어 버렸다. 팽팽하게 지탱해 주던 끈이 툭 떨어지는 느낌이라 해야 하나. 어느 날은 차오르는 배신감에 부들거리고 또 어떤 날은 그렇게라도 인연이 정리되었음에 마지못한 감사를 했다. 정제되지 않은 날것의 감정들이 불시에 덮쳐 왔다. 길을 걷다가, 전철 안에서, 근무하다가도 수시로 눈앞이 흐려지곤 했다. 아무렇지 않은 듯 일상을 살아내는 일이 힘에 부쳤었나 보다. 말이든 눈물이든 쏟았어야 했는데, 어느 날 몸이 먼저 눈치채고 이상 반응을 보였다. 그 정도쯤은 잘 버텨 낼 수 있다고 자신만만했지만 그렇지 않았음을 인정하게 되었다.

일상을 떠나 가능한 멀리 다녀와야겠다는 충동이 생겼다. 어디로든 멀리 가서 그렇게라도 현실과 단절되고 싶었다. 서울을 벗어나 당장 갈 수 있는 가장 먼 곳이 제주였다. 떠난다고 벗어나거나 털어 버릴 수 없는 줄 알면서 며칠 휴가를 내어 탈출하듯 갑자기 떠나왔다. 바다를 건너고 물리적인 거리마저 멀어지니 현실과도 멀어진 것만 같은 착각이 들었다.

활주로 풍경은 단순했다. 한 시간이 지나도록 같은 장면이 반복되었다. 떠나거나 돌아가는 사람들, 그리고 돌아오거나 떠나온 사람들. 그들의 긴장과 설렘을 나도 함께 느끼고 있었던 걸까. 재미있는 영화라도 보는 듯이 오가는 비행기들을 쳐다보느라 시간이 훌쩍 지나 버렸다. 걷자. 무작정 혼자 떠나온 여행은 계획을 세우지 않아도 돼 자유로웠다.

도두봉을 내려와 다시 걷기 시작했다. 어디서부터 잘못된 건지 되짚으며 반성과 원망을 동시에 했다. 한 걸음 한 걸음 내디딜 때마다 나도 모르게 주문처럼 되뇌었다. 여기 모두 두고 가자. 이 길 위에, 저 바닷속에. 원망과 어지러운 마음을 두고 가볍게 돌아가자고, 걷고 또 걸으며 스스로 설득하는 시간을 가질 뿐이었다.

문자가 들어왔다. 가깝게 지내는 언니가 보낸 커피 선물권이었다. 따뜻하게 마시고 쉬어 가며 걸으라는 메시지와 함께. 1월의 제주 바람이 생각보다 매섭지는 않았지만 그리 녹록하지도 않았다. 마음이 먼저 따뜻해졌다. 누군가가 나를 마음으로나마 지켜 주고 있다는, 그리고 응원해 주고 있다는 생각에 울컥했다. 작은 커피 한 잔에 나는 그랬다.

무엇에 끌렸는지 해안가 풀숲에 있는 벤치들을 그냥 지나치지 못하고 앉아 쉬곤 했다. 지쳐가는 다리도 그렇거니와 마음까지 거기에 놓아 두고 싶었을까. 바다를 마주하며 앉아 있던 짧은 시간, 하늘과 바다로 나누어진 지극히 단순한 태초의 세상을 보고 있자니 잔잔한 명상음악을 들을 때처럼 마음이 평온해졌다. 마냥 지체할 수 없어 마지못해 일어났다 홀린 듯 다음 벤치에 앉기를 반복하며 바닷가 벤치에 나만의 기억을 남겨 두었다.

오름에서 내려다보는 세상은 무척이나 평화로워 보였다. 땅에 발붙이고 사는 이들의 애달픈 소리가 들리지 않아서였을까. 아, 얼마나 고요한지 이 세상이 아닌 것 같은 생각이 들 정도로 비현실적인 분위기였다. 어느새 나의 고민 따위는 너무나 보잘것없게 여겨졌다. 그까짓 것쯤은 제주의 사나운 바람에 얼마든 날려 버릴 수 있을 것만 같았다. 털어 버리자.

발가락 사이에 물집이 올라와 신경이 쓰였다. 다리는 무거워지고 넉넉하던 신발도 조여 왔다. 벗어 버리고 싶은 충동을 꾹꾹 누른 채 기계처럼, 습관처럼 걸음을 계속 옮겼다. 다리는 이미 내 것이 아닌 것 같았다. 그럼에도 아침부터 시작한 걷기를 해가 떨어져서야 끝냈다. 아무도 등 떠밀지 않았건만 이렇게 아픈 다리를 끌고 나는 왜 걷기를 멈추지 않았던 걸까. 몸을 혹사해서 마음의 통증을 가리기 위함이었는지 모르겠다.

　해가 뉘엿해지고 지나온 길을 되돌아보았다. 오르기를 포기하고 둘러가려 했던 오름이 아득한 먼 산이 되어 있었다. 저만큼씩이나 걸어온 내가 대견하고 기특하고 뿌듯했다. 처음부터 이곳을 보며 걸었다면 지레 포기했을 것을. 한 걸음 한 걸음 발을 떼다 보니 어느새 이만큼 와 있었다. 그래, 하루하루 살아내다 보면 또 하루가 지나가겠지. 분할 것도 서러울 것도 억울할 것도 없다. 결국, 모두 내 선택이었다.

그녀의 부재

검사 결과가 나왔다고 한다. 의사의 한마디에 그토록 잡고 싶었던 희망이 사라졌다. 그녀의 세상은 한순간에 분리되어 다른 세계가 시작되었다. 그녀는 알았다. 더는 예전처럼 남편의 출근 도시락을 싸게 될 일이 없을 거라는 걸. 이젠 좀 들을 만하다던 대금 소리를 더는 듣지 못하고, 그녀의 술 좋아하는 지인들과 잔을 기울일 수도 없다는 것을. 한동안은 그럴 것이라고 그녀도 각오했다. 외부 활동을 중단하고 마치 속세를 떠나 수도하는 사람처럼 혼자가 되어 침묵했다. 사실을 아는 사람들은 조심스러워서 연락하지 못하고 모르는 사람들에게는 그녀가 연락하지 않았다. 무슨 말이 하고 싶었으랴.

그녀가 모임에 나오지 못할 거라는 얘기가 돌자 작은 술렁거림이 있었다. 오래된 모임이다 보니 각자의 사정으로 한참을 떠났다 돌아온 회원들이 여럿이고, 나는 더 오랜 기간 참석하지 못해 빈자리의 허전함을 크게 느끼지 못했다. 그 와중에 그녀는 한결같이 모임을 지켜 온 분들 중 한 명이고 모임에 대한 애정이 각별해서 그녀의 부재가 더 크게 느껴질 수 있다.

간간이 주고받던 문자의 행간에는 일상에 대한 그리움이 짙게 묻어 있다. 한때는 온갖 산을 누비고 마른 길을 끝없이 걷던 그녀에게, 벚꽃이 만발해도 단풍이 지천이어도 상관없는 일이 되어 버렸다. 세상과 멀어져 다른 시간을 살고 있을 그녀. 그녀의 시계는 좀처럼 움직이지 않을지 모른다. 얼마나 힘든 시간을 보내고 있을지 감히 짐작도 못하지만, 그 버거움을 온몸으로 감수하고 있을 거라는 생각에 좀처럼 답을 할 수 없어 쓰고 지우기를 반복했다. 결국 나는 섣부른 위로보다 일상을 나누기로 했다. 모임의 일들을 전했고, 말 상대가 필요할 때 들어주었다.

우연히 들어간 SNS 계정. 수필을 좋아하고 산과 술을 좋아한다는 소개말에 어쩜, 나와 취향이 비슷하네, 하며 하나씩 사진을 넘기는데 뭔가 익숙한 분위기였다. 맙소사, 그녀가 거기 있었다! 얼마나 놀랐던지. 어느 가을날 여럿이 함께 걸었던 길, 호젓한 길가의 빈 벤치, 그날의 공기 냄새와 바람의 쓸쓸함이 떠올랐다. 미래를 알지 못하던 그날이 그녀는 얼마나 아련할까. 어떻게 해도 되돌릴 수 없는 오늘 하루를 건져 올리기 위해 집을 나섰다는, 작년 이맘때 썼던 자신의 글을 보면서 차올랐을 일상에 대한 그리움. 오늘따라 하늘빛이 더 시리다.

키우는 강아지의 산책은 언제나 남편이 맡아 해 왔는데 아홉 살 손자가 대신하는 사진을 보았다. 할머니 정성을 먹고 자라 다부지고 건강해 보이는 남자아이가 강아지 목줄을 잡고 따라가는 사진에서, 전해만 듣던 그녀 남편의 투병을 실감했다. 왜 나는 할아버지의 빈자리를 대신하는 손자가 대견한 것보다, 자신이 늘 해 왔던 그 간단한 일조차 어렵구나, 하는 안타까움이 먼저 보였을까.

도무지 뭘 먹지 못하는 남편에게 세끼 밥상을 차리는 일이 지금 그녀에게 주어진 가장 큰 임무라고 한다. 몸에 좋다는 음식은 거들떠보지도 않으니 뭐라도 먹기만 한다면 밀가루든 생물이든 가릴 처지가 아니다. 치료를 받으려면 체력이 있어야 한다. 의사들 말 한마디에 바닥으로 내쳐졌다가도 다시 추슬러 잡고, 어떻게든 몇 수저라도 뜨게 하려고 사는 사람 같다. 그 몇 번의 수저질에 생명이 걸린 것처럼. 내가 아는 그녀는 모든 일에 최선을 다한다. 그러니 남편에게 얼마나 온 마음을 다해 보살피고 정성을 쏟을지 짐작하고도 남는다.

아프면 권력이 생긴다던가. 다정한 맛은 없어도 선비 같던 남편이 달라지고 있다고 한다. 그동안 본 적 없는 낯선 모습에 당황스러워도 환자 앞에서 그녀는 약자니까 무조건 져 줘야 한다. 앞으로 더한 일이 생길 수 있다고 각오를 한다지만 사람 마음이 어디 그렇던가. 막상 닥치면 나약해지는 게 사람이거늘. 나는 남편 못지않게 그녀가 걱정되었다. 환자는 의사와 보호자가 살펴 주지만 보호자는 어디에 하소연할 수 있을까.

믿음 생활에서 비켜선 지 오래되어 갑자기 기도할 염치가 없다며 너희 하나님께 기도 좀 해 달라는 부탁에, 하늘 끝에 닿기를 바라는 마음으로 한 줌의 기도를 보태어 본다.

"저 여자를 지켜 주세요."

그런 상황이고 보니 아득바득 살아봐야 부질없다 생각되었는지,

"너무 애쓰지 말고 살아."

이런 말을 여러 번 했다. 어쩌면 그녀 자신에게 하는 말이었을까. 그럼에도 나는 해야 할 일을 해야 해서 알았다고 대답은 해놓고 '조금만 더 있다가…' 하며 시간을 쪼갠다.

그녀는 남편 옆을 지켜야 하고 우리는 그녀의 부재에 익숙해지고 있다. 예후가 좋은 병이 아니라 빨리 돌아오길 바랄 수도, 그렇다고 그 시간이 길어지기를 바랄 수도 없다. 어느 한쪽을 바랄 수 없다는 건 가혹한 일이다. 어느 쪽도 선택하고 싶지 않은 선택지이므로 그저 순리에 기대는 수밖에.

모임 회원 중에 점점 본인이나 가족의 건강에 문제가 생기는 일이 잦아졌다. 남편의 투병으로 살얼음 같은 시간을 보내고 있는 또 다른 그녀도 걱정이다. 감사할 일을 찾아내어 그나마 일상에도 감사해하며 신기하다 싶은 정도로 마음의 안정을 잘 유지하기를 몇 년, 항상 씩씩하던 그녀인데 통화 목소리에 기운이 없어졌다. 아직 터널이 끝나지 않았는지 엎치고 덮치는 불상사가 계속되다 보니 아무리 오뚝이 같은 그녀라도 힘에 부치나 보다. 부디 힘든 시간 잘 보내고 언제나처럼 토끼 이빨 드러나게 활짝 웃으며 모임에 나타나 주기를 기도한다.

어느새 우리 모임은, 돌아가면 늘 그 자리에서 기다려 주는 고향 마을 어귀의 커다란 느티나무 같은 존재가 되었다. 아주 오랜만에 만나도 어제 본 듯 반겨 주어 어색하지 않아 좋다. 지금은 지방이나 해외에 있어서, 또는 건강 문제로 함께하지 못하는 분들이 계시다. 같이 찍은 지난

사진에서라도 보게 되면 반갑고 추억 여행에 시간 가는 줄 모른다. 그때
처럼 언제 다시 모두 한자리에 모일 수 있을지…. 시절인연(時節因緣)이란
말도 있지만, 이들과의 인연이 우리의 남은 시간 내내 함께하기를 욕심
내어 본다. 언젠가 부재중인 그녀들이 모두 돌아오는 날, 여전히 우리는
그늘 품 넉넉한 느티나무로 그 자리에 있을 것이다.

초유안

기다린다는 것
가볍게
그대에게
당신이 온 시간, 오후 3시

csunga-k@hanmail.net

기다린다는 것

〈고도를 기다리며〉만큼 줄거리를 설명하기 단순하면서 모호한 작품이 또 있을까.

2막으로 구성된 이 작품은 나이 든 두 사내가 어딘지 모를 장소에서 언제부터인지도 잘 모른 채, 무언지 모를 대화를 끊임없이 나누며 누구인지 모르는 '고도'를 하염없이 기다리는 것이 전부인 작품이다.

이 연극은, 황량한 언덕에 앙상한 나무 한 그루가 덩그러니 서 있는 어느 시골이 배경이다. 아무리 기다려도 오지 않는 고도를 기다리는 떠돌이 사내들의 실없는 말과 몸짓으로 시작된다.

에스트라공 : 그만 가자.

블라디미르 : 가면 안 되지.

에스트라공 : 왜?

블라디미르 : 고도를 기다려야지.

에스트라공 : 참, 그렇지.

리듬감 있는 이 대사는 독특한 제스처와 함께 반복해서 나온다. 떠나지 못하고 고도를 기다리는 장면이 반복할수록 관객은 그들이 그토록 기다리는 고도가 누구인가 의문을 품게 된다. 고도는 신이라거나 자유, 희망 등 여러 가지 가설이 쏟아져 나왔지만 정작 원작자인 사무엘 베케트는 '그가 누구인지 내가 알고 있었다면 작품 속에 썼을 것'이라고 말했다. 존재하지 않음으로써 존재가 더욱 부각되듯, 끝내 나타나지 않음으로써 고도는 더욱 관객의 마음에 각인된다.

그들은 고도를 기다리는 동안 논리나 줄거리도 없고 갈피조차 잡을 수 없는 대화를 끝없이 주고받는다. 관객에게 무엇을 전달하려고 시도하지도 않는다. 그냥 무심하게 툭툭 던지는 대사는 살아서 무대 위를 떠돌며 어이없는 웃음과 함께 마음속에 감추고 있던 슬픔을 들여다보게 한다.

1막과 2막 마지막쯤에 고도의 전령인 소년이 나타나 말한다.

"고도 씨가 오늘 밤엔 못 오고 내일은 꼭 오겠다고 전하랬어요."

그들은 지루한 일상에 목을 매려다가도 모레도 글피도 아닌 바로 내일 온다는 고도 때문에 실행하지 못한다. 하지만 그들도 우리처럼 알고 있다. 내일도 모레도 고도가 오지 않으리라는 것을.

만일 3막과 4막이 있다고 하더라도, 그들은 똑같이 맥락 없는 대화를 이어가며 고도를 기다릴 것이다. 때로 다투면서도 함께 있지 않으면 살아갈 수 없는 그들을 바라보고 있으면, 이 애매하고 엉거주춤한 상태에 있는 두 사람 모습이 그냥 우리 자신이란 것을 알게 된다.

젊은 날 이 연극을 보았을 때는 고도에 초점이 맞추어져 있었다. 고도가 누구인지 무엇을 의미하는지 무척 궁금했다. 하지만 지금은 고도가 누구인가는 중요하지 않다. 그가 대단한 무엇이어도 또 아무것도 아니어도 상관없다는 생각이 든다. 중요한 것은 기다린다는 행위다. 기다리는 누군가가 있다는 사실만으로도 무기력한 현실을 버텨 낼 힘이 된다. 고도라는 이름은 하루하루를 지탱할 수 있는 핑계이고 방편이다.

소년에게서 오늘도 고도가 오지 않는다는 전갈을 듣고 그들은 말한다.

에스트라공 : 그만 갈까?
블라디미르 : 가자.

하지만 두 사람 다 움직이지 않는다. 내일 이곳에서 다시 고도를 기다려야 하기에. 그래야 또 하루를 버텨 낼 수 있기에.

가볍게

봄이다. 쓸쓸한 봄이다. 편한 신발을 신고 가까운 공원으로 산책하러 나간다. 공원 둘레를 몇 바퀴 돌자 지루해진다. 등나무 그늘을 만들어 주는 시렁 아래 벤치에 앉는다.

어수선한 바람이 불어온다. 연보랏빛 등꽃이 흔들린다. 등꽃은 시렁 위에 퍼져 있는 무성한 잎에 가려져 햇빛 한 번 제대로 받지 못한 채 피어 있다. 고개 들어 한동안 꽃을 바라본다. 우리에겐 늘 어여쁜 모습을 보여 주지만 정작 자신은 지는 날까지 흙바닥만 바라보며 살아야 할 것이다. 등꽃도 시렁 위로 고개 내밀어 푸른 하늘을 보고 싶겠지. 날마다 모습 바꾸는 달과 반짝이는 별도 보고 싶을 것이다. 꽃잎이 아래로 내려갈수록 진해지다 제일 끝잎이 진보라인 것은, 보라색 슬픔이 흘러내려 마지막 잎에 짙은 눈물방울로 맺혀 있기 때문은 아닐는지.

머지않아 꽃은 모두 질 것이다. 마른 잎 바삭거리며 떨어져 무심한 이의 빗자루에 쓸리거나 바람에 흩어지겠지. 장사 지내 주거나 슬퍼해 주는 이 없어도 꽃들은 그냥 그렇게 미련 없이 스러져 간다.

꽃을 보며 호스피스 병동에서 머물던 때를 떠올린다. 하늘도 별도 달도 마음껏 볼 수 없는 갑갑한 곳에서, 사람들은 고통의 시간을 견디는 것만이 오로지 그들이 할 수 있는 일이라는 것을 안다. 이기지 못할 싸움인 줄 알면서 마지막 순간까지 버텨 내야만 하는 이들. 지켜보는 사람마저 안타까움에 숨조차 쉬기 힘든 나날을 보낸다. 이미 정해진 답이 있다면, 그들에게 왜 그렇게 엄혹한 시간을 보내게 해야만 하는 것일까 생각하고 또 생각했다.

바람이 분다.
바람에 흩날리는 꽃잎처럼,
그렇게 가볍게 길을 떠날 수 있으면 좋겠다.

그대에게

그대에게 편지를 쓰고 싶어진 것은, 〈노르웨이의 숲〉이란 영화에서 한 일본 청년이 편지를 쓰는 장면을 보고 있을 때였습니다. 세로로 써 내려가는 단정한 글씨, 일본어로 쓰는 손글씨가 그렇게 정갈하고 아름다운지 몰랐습니다. 문명의 이기를 사용하느라 펜을 들어 편지를 써 본 지가 언제인지, 더구나 세로로 써 본 적은 한 번도 없기에 친구가 먼 여행길에서 사다 준, 아끼던 노트의 첫 장을 열어 이 글을 쓰고 있습니다.

영화는 두 명의 고교 남학생과 한 여학생이 운동장에서 깔깔거리며 뛰노는 장면으로 시작합니다. 그들은 어떤 고민도 없을 것처럼 발랄하고 천진해 보였습니다. 언제 지나가 버렸는지 모를 아득한 청춘 이야기라 공감대가 있을지 의문이었지만, 오래전에 읽은 동명 소설의 내용을 기억해 내려 애쓰며 영화에 집중했습니다.

대부분의 영화가 내용보다 인상 깊었던 몇몇 장면이나 이미지로 기억되곤 하지요. 이 영화도 그랬습니다. '무라카미 하루키'의 유명한 소설 〈노르웨이의 숲〉은 그대도 이미 잘 알고 있을 것 같아 내용보다는 인상 깊었던 몇 장면을 이야기해 주고 싶어요.

　먼저 내 관심을 끈 것은, 연못에서 물고기가 헤엄치는 장면이었어요. 등지느러미를 온전히 물 밖으로 내놓은 커다란 물고기 한 마리가 모든 것을 체념한 듯, 아니 달관한 듯 서서히 흙탕물을 헤엄치고 있었지요. 열아홉 살 주인공 '와타나베'가 그 물고기를 한참 보고 있더군요. 마치 자신을 바라보듯 말이에요. 하지만 그대도 나도, 한 치 앞을 알 수 없는 흙탕물 같은 삶에서 등지느러미라도 내놓지 않으면 살아갈 수 없을 것 같은 그 장면이 주인공 한 사람만의 현실이 아니란 것쯤은 알고 있지 않습니까.

　다음으로 내 마음을 사로잡은 장면은, 흰색과 붉은색 체크무늬 테이블보에 드리워진 그림자였어요. 테이블보 한가운데에 창틀이 비쳐서 그림자는 십자가 모양을 하고 있었지요. 나는 그림자가 어느 순간 사라져 버릴까 봐 그 장면을 뚫어지게 바라보고 있었어요. 그림자란 놈은 언제나 '걱정 마, 나 이 자리에 항상 머물러 있잖아' 하며 미동도 하지 않을 것처럼 사람을 안심시키지만, 사실은 잠시도 머물러 있지 않고 조금씩 이동하거나 구름이 해를 가리면 순식간에 사라져 버리기도 하지요. 언제까지나 곁에 있을 줄 알았던 사람이, 방금까지도 살아 있던 사람이 한 순간에 떠나 버려 어디로 갔는지 영원히 찾을 수 없는 것처럼 말이에요. 그래서 사라지기 전에 잠시도 놓치지 않고 집중해서 바라봐 주어야 할 것 같은 기분이 들었는지도 몰라요.

　또 하나 인상 깊었던 것은, 회색빛 구름 덩어리들이 등 떠미는 바람을 이기지 못해 숲을 향해 성큼성큼 다가오던 장면이었어요. 햇빛을 받아 빛나던 숲이 저항 한 번 하지 못한 채 구름 그림자에 덮여 순식간에 어두워지더군요. 그 장면을 보면서 몇 해 전 대둔산 정상에서 숲을 내려다보던 때가 떠올랐습니다. 햇살 가득하던 숲에 갑자기 먹구름이 몰려와 숲 전체를 음산한 분위기로 만들었던 인상 깊은 순간이었지요. 영원할 것 같은 생의 반짝임이 찰나에 무너질 수 있다는 것을 눈으로 확인한 느낌이었어요.

아무리 인상 깊은 장면을 이야기한다고 해도 이 글은 너무 맥락이 없다고요? 네, 맞아요. 난 그냥 특별한 느낌을 받은 장면을 그대도 함께 느꼈으면 하고 바랐을 뿐이에요. 말 그대로 '그냥' 말이에요. 살면서 맥락 있는 말만 하고 맥락 있는 글만 써야 하는 것에 지쳐 버렸거든요. '그냥'이라는 말, 얼마나 자유로운가요.

자고 일어나면 흰머리가 늘고 주름이 깊어져 울적한 요즘, 몸속을 흐르는 피까지 초록색일 것같이 풋풋한 청춘들을 볼 때면, 젊다는 것 하나만으로 어떤 어려움도 견뎌 낼 수 있을 거라는 생각을 합니다. 하지만 내 생각이 어리석었는지 첫 장면에 나왔던 세 학생 중 두 사람이 자살로 생을 마감하는군요. 내가 아무리 그 시기를 지나왔다 해도 죽음에 이를 수밖에 없는 영화 속 청춘들의 고뇌를 어찌 다 이해할 수 있겠습니까.

한 치 앞도 보이지 않는 흙탕물 속을 헤엄치는 것이 너무 힘겨워 차라리 물 밖으로 뛰쳐나가고 싶었을까요. 나이테가 스무 개밖에 없는 여린 그들은, 먹구름 몰려드는 생의 어두움을 막을 힘이 없어 구름이 가리면

즉시 몸을 감추는 그림자처럼 그렇게 사라질 수밖에 없었는지도 모릅니다.

그들에게 죽음이 마지막 희망이었다면, 단지 젊다는 이유로 그 희망에 다다르기까지 길고 긴 시간을 견뎌야 한다는 것 또한 막막한 절망이었을지 모르겠습니다. 만일 그들이 내일이나 모레 아니면 한 달 후에 자연사할 것으로 예약되어 있다면, 자살이라는 극단적인 방법은 선택하지 않았겠지요. 그렇다면, 나이 먹어 간다고 슬퍼하지 말아야겠습니다. 나이 든 것이 오히려 행운일지 모르니까요.

편지를 부치려니 막상 보낼 곳이 없군요.

내가 다정하게 그대라고 부른 이, 당신은 어디 있나요?

당신이 온 시간, 오후 3시

오월 한낮이었다. 모든 것이 평소대로 흘러가고 있었다. 햇살 가득한 창가에 앉아 차 한잔을 마시고 있을 때 갑자기 주체할 수 없는 졸음이 몰려왔다. 반쯤 마신 찻잔을 밀어 놓고 정신없이 침대로 가서 잠 속으로 빠져들었다.

어둠 속에서 누군가 안개처럼 다가와 내 손을 잡았다. 보이지는 않았지만, 나는 단번에 그 사람이라는 것을 알았다. 그 감촉을 어찌 잊을 수 있을까. 수백 수천 번 잡았던 손길인데. 그 순간, 나는 알았다. 이건 단순한 꿈이 아닌 가위눌림이라는 것을.

꿈은 시각의 영역이다. 꿈속에서는 다채로운 장면들이 펼쳐진다. 그것도 총천연색으로. 몸은 항상 자유로워서 하늘을 날기도 하고, 누구에겐가 쫓기기도 한다. 비록 비현실적이거나 뒤엉켜 있을지라도 나름, 이야기의 흐름도 있다. 하지만 가위눌림은 전혀 다르다. 시각보다 촉각이 지배한다. 스토리 같은 것은 없다. 그저 알 수 없는 누군가 또는 한 무리가 다가와 나를 짓누르고 목을 조른다. 밧줄에 묶인 듯 꼼짝할 수 없으니 저항조차 할 수 없다. 그 공포는 말로 표현하지 못할 정도로 생생하고 실제보다 더 강렬하게 다가온다. 색깔조차 무채색이다. 주위는 그저 어둠만 가득할 뿐이다.

내가 처음 가위눌림을 경험한 것은 오래전 남편을 따라 미국에서 살 때였다. 그의 회사에서 미리 마련해 놓은 집은 북향이었다. 정원이 아름다웠고 구조도 마음에 들었지만, 실내는 온종일 어두웠다. 남편이 출근하고 아이들을 학교에 보내고 나면 집 안에 스며 있는 어두운 기운이 나를 자주 우울하게 했다. 커피 한잔 마시는 것조차 귀찮게 느껴지던 어느 날, 해야 할 일들을 뒤로한 채 침실로 들어가 억지로 잠을 청했다. 얼마나 지났을까. 잠이 들었는지 아닌지 모호한 가운데 알 수 없는 누군가가 다가와 말없이 나를 누르고 목을 조였다. 그때가 내 가위눌림의 시작이자 공포스럽고 기묘한 첫 경험이었다.

그 후에도 수없이 가위에 눌렸다. 그래서 그런 순간이 다가오면 금세 알아차린다. 어떻게든 깨어나려고 몸부림치고 눈을 뜨려 안간힘을 쓰곤 한다. 가까스로 가위눌림 속에서 벗어나 방문 앞까지 걸어갔다고 느낀 순간, 다시 침대에 누워 꼼짝 못하고 있는 나를 발견할 때도 있다. 방문까지 갔던 건 착각이었을까. 아니면 영혼만 빠져나가 걸었던 것일까. 그럴 때마다 공포스러운 상황에서 영원히 헤어 나올 수 없을 것 같은 절망감이 나를 엄습하곤 했다.

하지만 그날은 달랐다. 깨어나고 싶지도 두렵지도 않았다. 내게 찾아온 사람이 그이였으니까. 칠흑 같은 어둠 속에서 그의 목소리가 들렸다.

"사랑해요."

그 짧은 한마디를 남기고 나를 잡았던 그의 손이 스르르 무너져내리는 것이 느껴졌다. 나는 마음속으로 '안돼'라고 외치며 그의 손을 더욱 힘껏 잡았다. 하지만 그 손은 빠른 속도로 사라져 갔고, 끝내 나는 텅 빈 손만 움켜쥐고 있었다.

열정 가득했던 젊은 날에도 쉽게 하지 못했던 말 '사랑해', 그 한마디를 들려주려고 넘나들 수 없다는 시공간을 얼마나 힘겹게 넘어왔을까. 그 말은 꼭 해 주어야겠다고 몇 번이나 다짐했을까. 쑥스러워 얼마나 망설였을까. 멀고 먼 그곳에서.

그가 남긴 말이 한없는 위로가 되었지만, 나는 그것이 우리의 마지막 인사임을 직감하고 있었다. 표현하기 힘든 슬픔이 가슴 밑바닥부터 서서히 차올랐다. 화창했던 어느 봄날, 그는 그렇게 잠시 내 곁에 머물다 아침 안개처럼 스러져 버렸다.

나를 힘들게 하지 않으려는 그의 마지막 배려였을까. 평소 같으면 깨어나려 그리 애쓰던 가위눌림인데, 그날은 노력하지 않아도 자연스럽게 눈이 떠졌다. 침대에 기대어 한동안 멍하니 앉아 있었다. 때론 행복했고 때론 아팠던 그와의 수십 년 삶이 이제야 완벽하게 마무리되었다는 느낌이 들었다. 그리고 모든 것이 아름답게 완결된 그 순간을 비로소 온전히 받아들일 수 있었다.

시계를 보니 오후 3시였다.

당신이 내게 온 시간, 오후 3시.

청랑

crang727@naver.com

광화문 연가

어둠을 가르며 다가오는 불빛들. 텁텁하고 건조한 차 안에 반짝 등불 하나 켜진다. 전주곡만 들어도 금방 알 수 있는 노래가 아스라한 옛 기억을 불러들였다.

봄 햇살에 볼그레해진 토요일 오후. 친구와 덕수궁 연못가에 앉아 봄볕을 쬐고 있었다. 쏟아지는 햇발에 연못은 윤슬로 눈이 부셨다. 봄은 겨울을 넘어와 내 앞에 섰는데, 반짝반짝 빛나고 싶은 나의 청춘은 마냥 시들하기만 했다.

언제부터였을까, 등 뒤로 이상한 기운이 느껴진 것은. 돌아보니 두 남자가 우리 모습을 스케치하고 있었다. 그들은 실례했다며 스케치한 그림을 건네주었다. 국립현대미술관 전시회를 보러 왔다가 벚꽃잎 난분분한 연못과 우리 모습을 보고 그만 그리게 되었다나. 이게 다 남자들의 수작이려니 싶어 피식 웃음이 나왔다. 둘은 현재 화가로 활동 중이고 각자 화실을 운영한다며 머리카락 곱슬곱슬한 친구가 너스레를 떨었다. 카키 트렌치코트를 입은 남자는 시종일관 조용했다. 그에게선 가을과 겨울 그 어디쯤 머무르고 있을 쓸쓸함과 고독이 묻어 나왔다. 그래서 마음이 더 쏠리게 된 걸까.

그는 토요일이면 나를 만나러 왔다. 내 직장은 덕수궁 근처였고 토요일엔 일찍 퇴근했다. 그는 덕수궁 옆 음악다방에서 나를 기다렸다. 트렌치코트와 부드러운 머릿결이 잘 어울리는 남자. 바람 불면 머리카락에서 좌르르~~ 소리가 날 것만 같았다.

우리는 사랑꽃 번지는 덕수궁 돌담길을 지나 은행잎 쌓인 정동길을 걸었다. 길가에 늘어선 올망졸망한 카페를 거쳐 이따리아노 레스토랑 앞을 지날 땐 맛있는 함박스테이크가 생각났다. 경향신문사를 끼고 광화문 네거리까지 걷다 보면 어느새 헤어질 시간이었다.

한 해 마지막 날, 그에게서 만나자는 연락이 왔다. 나는 선약이 있었지만, 흔쾌히 그러자고 했다. 그즈음 내가 다니는 교회에 청년부 주최로 연말 행사가 있어 남자 교우와 함께 가기로 약속이 되어 있었다. 그 친구라면 이해해 줄 거 같았다.

우리 일행은 비엔나커피로 유명한 찻집에 들어갔다. 남자 둘은 악수와 통성명을 나누었고 몇 마디 주고받은 뒤엔 어색한 침묵이 세 사람 사이를 감돌았다. 끼어든 건 그였는데 졸지에 불청객이 되어 버린 친구. 교우와 일어서는데 그가 덥석 내 손을 잡았다. 그의 갑작스러운 행동에 당황하였다. 나보다 다섯 살 많은 그는 꼭 옆집 오빠처럼 나를 대했다. 그런데 그날 세 사람이 합석한 후 그의 눈빛이 여느 날과 다르다는 걸 느꼈다.

찻집을 나왔지만, 딱히 갈 곳이 없었다. 명동 거리는 화려한 불빛과 흥겨운 음악으로 넘실거렸다. 그가 갑자기 생각난 듯 그의 화실에 들러야 한다고 했다. 그동안 궁금했던 화실이었는데…. 생각해 보니 그때까지 그에 대해 아는 게 별로 없었다. 화실 안은 어수선했다. 내 마음도 따라 어수선해졌다. 한 공간에 둘만 있다는 사실에 애써 침착한 척했지만, 가슴이 답답해 왔다.

펼쳐 놓은 이젤 위엔 완성되지 않은 그림들이 널려 있었다. 여고 시절 미술부에서 활동하던 때가 생각났다. 3년 동안 그림에 대한 열망을 차곡차곡 쌓아 가던 내가 아니었던가. 화구(畫具) 박스와 이젤을 챙겨 사생 대회에 나가면 꿈이 곧 이루어질 것만 같았다. 접어 두었던 내 꿈을 미완성 그림 위에 펼쳐 놓고 싶었다. 그리고 그가 화가라는 것이 뿌듯했다.

그와 함께 화실을 나와 서울역 방향으로 걸어갔다. 그때 관광버스에서 사람들을 불러 모았다. 양평에서 한 해 마지막 날 이벤트 행사를 한다면서. 우리는 낯모르는 사람들 틈에 섞여 마지막 밤을 보내자는 데 뜻을 같이했다. 한 시간을 달려 도착한 그곳엔 이미 수십 명이 모닥불을 중심으로 모여 있었다. 기타 연주에 맞춰 노래를 부르고 춤을 추었다. 모인 사람 대부분은 연인 사이인 듯 보였고, 분위기는 점점 다홍빛으로 타올랐다. 자정을 넘긴 시간에 이벤트는 끝이 났고 출발했던 곳으로 사람들을 태워다 주었다.

동이 트려면 이른 시간, 사람들이 빠져나간 거리는 을씨년스러웠다. 거리 가득 널브러진 종이와 비닐봉지들이 바람결에 이리저리 날아다녔다.

공연이 끝난 뒤 찾아오는 허탈함과 공허감이 밀려들었다. 멋을 내 차려 입었던 옷은 구지레했고 낯빛은 핼쑥했다. 이런 내 모습이 낯설어 그와 빨리 헤어지고 싶었지만, 버스가 다니려면 아직 멀었다. 몸을 녹이러 들어간 찻집에서 그의 어깨를 빌려 까무룩 잠이 들었다.

어느 날 퇴근 무렵 회사 동료가 찾아왔다. 광화문 극장 앞에서 나를 봤다면서. 지난 토요일 그와 영화를 보기 위해 영화관 앞에서 줄을 섰던 기억이 떠올랐다. 그는 그녀가 다니는 화실 선생님이라며 그와 어떤 사이냐고 물어왔다. 글쎄, 우린 어떤 사이일까, 마땅한 단어가 떠오르지 않았다.

'그에게 약혼녀가 있다'는 그녀의 말을 전해 들었다. 전혀 예상하지 못했던 사실에 나는 혼란스러웠다. 그는 왜 나를 만난 걸까. 그래서 그토록 침묵을 지켰던 걸까. 그가 더없이 비겁하게 생각되었다.

나는 그를 왜 좋아했을까. 내가 그토록 열망하던 화가여서. 손부터 잡으려고 덤벼드는 또래에 비해 매너도 있고 점잖아 경계심을 갖지 않아도 되어서. 데이트 비용에 전혀 신경 쓰지 않아도 되고, 까불고 투정 부려도 오빠처럼 다 받아줘서…. 그 흔한 '좋아한다, 사랑한다'는 표현은 없었어도 시나브로 그의 존재가 내 속으로 스며들었던 걸까, 뒤죽박죽 온갖 생각으로 잠 못 이루는 날이 많아졌다. 어쨌든, 예견된 운명처럼 작별 인사도 못한 채 허망하게 인연은 끝나 버렸다.

덕수궁 돌담길엔 아직 남아 있어요

다정히 걸어가는 연인들

언젠가는 우리 모두 세월을 따라 떠나가지만

언덕 밑 정동길엔 아직 남아 있어요

- 이문세 노래 〈광화문 연가〉 일부

지나가는 건 바람이나 물이나 세월뿐만이 아니다. 그와의 인연을 돌이켜보면 사람도 지나갈 뿐이라는 것을.

〈광화문 연가〉 노래가 들려오거나 덕수궁 돌담길을 지나 정동길을 걸으면 빛바랜 추억이 날개를 달고 내 안으로 몰려든다. 비록 짧은 만남이었지만, 저녁노을처럼 저 혼자 그리움으로 번져 가는 나의 광화문 연가!

밥줄

어둠 속 하얀 물체가 어른거린다. 길고양이 '삐삐'가 고개를 곧추세우고 앞발은 가지런히 모은 채 길모퉁이에 앉아 있다. 나를 보면 마당에서 쪼르르 달려오곤 했는데, 오늘은 아예 길목을 떡하니 지키고 있다. 내 퇴근 시간을 기다려 준 삐삐가 더없이 반갑다.

사무실 옆 이웃집은 길고양이들의 보금자리다. 너른 잔디밭 위로 고양이 집이 놓여 있다. 울타리를 빙 둘러 장미 넝쿨이 흐드러지고 뜰 안엔 여러 종류의 꽃이 봄부터 가을까지 피고 진다. 고양이들은 밥을 먹거나 쉬기 위해 들락거린다. 목줄 없는 유랑 것들이니 어딘들 못 갈까 싶지만, 길들여지지 않기 위해 익숙해지지 않기 위해 한곳에 얽매이지 않는 그들의 삶이 영리해 보인다.

이웃집 아저씨가 길고양이들을 위해 수북이 밥을 차려 놓는다. 따뜻한 밥 한 그릇은 세상의 그 어떤 행위보다 위대하다는 듯. 소문이라도 탄 걸까, 요즘 부쩍 길고양이들이 많아졌다. 생김새와 성질이 다른 고양이들이 잔디밭에서 자유를 즐긴다. 앞발로 냅다 동료 친구를 때리는 녀석,

구석에서 늘어지게 잠을 자는 녀석, 털을 핥으며 몸단장 중인 녀석 등 잔디밭이 술렁술렁하다. 한낮에는 볼일이 있는지 사라졌다가 저녁쯤 되면 다시 북적거린다. 사람이나 짐승이나 돌아갈 집이 있다는 건 얼마나 축복된 일인가.

삐삐를 처음 본 건 2년 전 여름이었다. 어미 품 안에서 고물고물 노는 새끼 고양이에게 한동안 시선을 빼앗겼다. 개나리 눈빛과 부드러운 흰색 털, 이마와 꼬리는 회색 무늬다. 꼭 행동하는 모습이 말괄량이 '삐삐'를 닮아 내가 붙인 이름이다. 강한 것들 사이에서 주눅들지 말고 씩씩하게 무탈하게 잘 자랐으면 하는 나의 바람이기도 했다.

혹한의 겨울이 지나고 부드러운 봄바람이 마당 뜰을 간질였다. 집 앞을 자주 오가는 내가 눈에 익숙해서인지 길고양이 몇 마리가 내 뒤를 졸졸 따라왔다. 그 모습이 신기해 오라 손짓했더니 기겁하며 달아났다. 인간이란 믿을 게 못 되고 언제나 친절하지 않다는 걸 알아 버렸을까. 나는 짐승인 고양이에게 사랑을 구애하고 그것들은 인연에 구속당하지 않으려 거리를 두고, 참 까다로운 종(種)이다.

길고양이와 친해지려고 내 밥을 덜어 나눴다. 주로 참치, 연어 통조림, 육포나 어포, 달걀노른자, 누룽지, 식빵 등 기름기와 간이 배지 않는 음식으로 준비했다. 다른 고양이들이 냄새를 맡고 슬금슬금 몰려들면 삐삐는 갸르릉거리며 쫓아 버렸다. 오롯이 내가 주는 건 자기 몫이라고 생각하는 듯. 반려동물과 눈이 마주치면 사랑의 호르몬인 옥시토신이 분비된다고 한다. 또 누군가를 도와 줘야겠다고 생각할 때 행복 호르몬인 세로토닌이 분비되고. 삐삐가 내겐 옥시토신이고 세로토닌이었다.

내가 이곳 소도시로 자리를 옮긴 건 내 밥그릇을 챙기기 위해서였다. 어린이집에서 근무할 때보다 밥그릇도 넉넉했다. 서서히 회사 분위기에 적응해 가던 중 외인구단 격인 세 명의 직원이 예고 없이 댕강댕강 잘렸다. 졸지에 하루아침에 밥줄이 끊긴 것이다. 권고사직 이유는 근무 태만이었다. 곧 빈자리는 사장 아들과 딸, 그리고 예비 사위로 채워졌다. 이삼십 대인 그들은 2층 사무실에서 근무했다. 그들과는 인사 정도만 나눌 뿐 업무 사항이 아니면 별로 할 이야기가 없었다.

측량 회사다 보니 직원들은 밖에서 보는 업무가 더 많았다. 나만 덩그러니 1층 사무실을 지켰고, 내게 주어진 일도 많지 않았다. 하루 긴 시간을 혼자서 보낸다는 건 참 따분하고 무료한 일이다. 회사 건물에는 화장실을 제외한 곳마다 감시자가 있었다.

'너의 일거수일투족을 주시하겠다!'

명령받은 것처럼 감시카메라가 사무실 구석에서 나를 빤히 지켜봤다. 왕방울 눈깔사탕처럼 생긴 감시카메라를 의식할 때마다 숨이 턱턱 막혀 왔다. 이 증세는 어린이집에서 일할 때부터 시작된 것인데 똑같은 복병을 이곳에서 또 만나다니. 그래서 잠깐이라도 숨을 쉬기 위해 길고양이들을 보러 갔다.

햇살이 하르르 쏟아지던 날, 길고양이들이 테라스에 옹기종기 모였다. 소집령이라도 떨어진 걸까. 한 녀석은 발라당 누워 요가인지 국민체조인지 한쪽 다리를 위로 쭉 뻗는다. 회색 고양이는 긴 꼬리를 늘어뜨리고 두 발을 앞으로 뻗어 스트레칭한다. 흰색 고양이는 몸 구석구석 그루밍(grooming)하느라 분주하고. 혹시 오늘 밤 파티에 초대라도 받은 걸까, 아니면 애인한테 사랑 고백이라도 하려는 건지. 봄은 바야흐로 사람이든 짐승이든 바람나기 딱 좋은 계절 아니던가. 그것들의 노는 양을 바라볼 때가 내겐 더없이 안온한 시간이다.

내가 이곳에 오기 전까지 나는 고양이를 좋아하지 않았다. 특히 영물(靈物)인 고양이 눈빛과 마주치기라도 하면 와락 소름이 돋아났다. 여고생 때 겪었던 길고양이에 대한 트라우마 때문이다. 이삿날이었다. 다락방 문을 여는 순간, 샛노랗게 뿜어대는 눈빛들과 맞닥뜨렸다. 길고양이 대가족이 주인 몰래 보금자리를 만든 것이다. 도대체 언제부터 그곳에서 살았던 걸까. 그때 받은 충격으로 고양이만 보면 속이 매슥거리고 불쾌했다. 그랬던 내가 이젠 길고양이들을 만나기 위해 이웃집을, 길거리를 수시로 기웃거린다.

이곳에서는 사람보다 길고양이들을 더 자주 만난다. 비바람 불고 어둑해진 골목에 시커먼 물체가 웅크리고 있다. 얼룩덜룩 갈색 털을 가진 앙상한 길고양이 한 마리. 내가 가까이 다가가자 얼른 자취를 감췄다. 고양이가 들어간 곳은 하수도관 속, 남은 간식을 털어 하수도 구멍 옆에 놓았다. 아저씨네 집이라도 가르쳐 주고 싶지만 그 방법을 모르니 어쩌랴.

나는 출퇴근 때와 점심을 먹으러 왕복 8차선 도로를 건너다닌다. 도로 위를 거대한 트럭들이 경주하듯 내달린다. 초록 신호일 때도 마음놓고 건널목을 건너지 못한 채로. 그럴 때면 마치 방치된 미아 같다. 그렇지만 길고양이들은 질주하는 차들 사이를 요리조리 잘도 피해 건넌다. 살아간다는 건 늘 아슬아슬한 줄타기다.

옆집 아저씨가 밥줄을 끊어 버리면 길고양이도 어딘가로 떠나야 한다. 외인구단인 나나 길고양이나 이럴 땐 한통속이다. 밥줄이 얼마나 위대하고 고귀하다는 것을 나는 잘 안다. 그래서 내 밥줄을 지켜 낸다는 것이 그 무엇보다 소중하다는 것도.

챙겨 주는 사람이 고맙고 그 밥을 받기 위해 묵묵히 하루를 견뎌 내는 삶이 애잔하다.

숨비소리

한때 꿈꾸던 삶이 있었다. 사소한 것에 매인 데 없이 집시여인처럼 세상을 유랑하고 싶었다. 곱슬곱슬한 머리를 길게 늘어뜨리고 치렁치렁하게 옷을 입었다. 그렇게 꾸미고 사람들 사이를 거닐면 마치 집시여인이라도 된 듯 들떴다. 나와 비슷한 친구들이 모여 노래 부르고 춤을 추었다. 분별없는 딸이 걱정된 엄마는 옷차림은 물론 귀가 시간까지 단속했다. 결혼만이 딸을 구제해 줄 거라 믿으면서….

"휘이~~~이 휘이~~~이."

엄마는 밥술을 뜨다 말고 긴 한숨을 토해 냈다. 시간이 흐를수록 엄마의 숨고르기는 잦아졌다. 그런 엄마가 왠지 낯설고 청승맞아 보이기까지 해 쳐다보았다. 엄마는 종종 어지럼증과 위장병으로 잠을 설쳤다. 약도 소용없었는지 머리를 질끈 동여매고 가슴팍을 퍽퍽 쳐대며 혼잣말인 듯 중얼거렸다.

"아마 내 속을 열어 보면 숯검댕이일 게다."

어느 날 엄마 손에 담배가 들려 있었다. 담배 연기가 허공으로 몽글 몽글 뿜어져 나갔다. 독한 담배 맛에 엄마 몸속에서 기생하던 덩어리가 내쫓기는 것처럼 생각되었다. 그것은 절망이나 노여움, 슬픔과 서러움 등이 각혈하는 흔적일 거라고.

엄마를 지켜보면서 결혼은 내게 두려움이었다. 여자에게만 버젓이 휘두르고 있는 인습(因習)이다, 봉건이다 하는 족쇄가 싫었다. 그렇지만 하찮은 동기가 뜻밖의 운명을 만나듯 결혼은 쉽게 이뤄졌다. 리허설도 없이 올라선 결혼 생활은 불협화음의 연속이었다. 자유가 없는 그곳은 우울한 새장 속 같았다.

오랫동안 발길을 끊었던 교회를 다니기 시작했다. 그곳에 있으면 불안과 걱정이 사라졌다. 성가대에서 목청껏 찬양한 날이면 내 몸 안 독소가 빠져나간 듯 후련했다. 그렇지만 기쁨은 그리 오래가지 못했다. 교회로 향한 발걸음이 잦아질수록 갈등의 골이 깊어졌다.

높은 산을 오르기 시작했다. 숨이 가쁠수록 마음은 평온해졌다. 발밑에 펼쳐진 초록 숲을 내려다보면 훨훨 날고 싶었다. 잠깐의 어리석은 생각이 큰 사고를 불러들였을까. 날기는커녕 바위 위로 곤두박질쳐 머리가 깨지고 얼굴은 엉망이 되었다. 시름시름 말라갔다. 그러다 싸움을 핑계로 고래고래 소리라도 질러대면 악다구니 사이로 숨통이 트였다.

새로 이사한 곳에서 합창단을 모집한다는 전단을 보게 되었다. 힘든 고비마다 불렀던 노래 아니던가. 어려서부터 활동해 왔던 합창단과 성가대는 나의 희로애락(喜怒哀樂)이었다. 무대 위에 오르면 마치 집시여인과 마돈나라도 된 듯 황홀했다. 노래를 마음껏 부르면 놓쳐 버린 자신을 되찾을 것 같았다.

합창단 실력은 오래전 성가대를 끝으로 노래방 출입만 했던 나하고는 달랐다. 성대(聲帶)는 이미 탄력을 잃었고 악보를 보는 자신감도 없었다. 숟가락으로 혀를 눌러 목구멍을 여는 발성 연습부터 시작했다.

"하품을 하듯 목을 열어라. 혀로 목구멍을 막지 마라. 가슴을 활짝 열고 갈비뼈를 열어 주고 배를 부풀려라. 호흡을 잘해야 풍성한 소리를 낼 수 있다. 두성으로 공명(共鳴)으로 소리를 내라."

지휘자는 열성을 다해 우리를 가르쳤다. 노래는 호흡에 따라 음색과 음역이 달라졌다. 어려운 곡을 만날 때마다 자신감을 잃었다. 내가 좋아서 시작한 합창단인데 오히려 스트레스가 쌓였다. 그러다 마음을 바꿨다. 음정이 정확하지 않아도 외국곡을 부를 때 발음이 서툴러도 할 수 있는 만큼만 즐기면서 부르기로. 지금 그만둔다면 평생 후회할 거 같았다. 평범한 곡도 어떻게 편곡하느냐에 따라 다른 노래가 되듯, 내가 어느 곳에 있느냐에 따라 내 삶도 반짝반짝 빛난다는 것을.

글도 힘을 빼야 편한 문장이 된다. 노래도 머리카락부터 발끝까지 힘을 주지 않을 때 아름다운 소리가 나왔다. 혼자 부를 땐 올라가지 않던 음도 함께 부르면 거침없이 올라갔다. 뛰어난 목소리를 가졌다고 해도 다른 사람 소리에 귀를 기울이는 게 합창이다. 연습이 부족할 땐 불협화음이지만 서로 어울려 음을 맞추면 하나의 아름다운 화음으로 탄생했다.

각자의 자리에서 치열하게 살던 단원들이 시간을 내고 땀을 흘리면서 멋진 공연을 열망했다. 어깨를 드러낸 와인빛 드레스를 입고 무대 위에 오르면 옹송그린 가슴이 활짝 펴졌다. 마치 숨겨 놨던 날개가 펼쳐지듯이. 사십 명 단원들이 열정을 합하여 불꽃으로 타오르면서 노래를 부르고 춤을 춘다. 전신의 피돌기가 심장을 출발해서 손끝 발끝까지 달음질친다. 네 파트가 여덟 파트로 나눠 절정을 향해 치달을 때 집시여인이 되고 마돈나가 된다. 그럴 때 터져 나오는 노래는 나의 '숨비소리'였다. 암울함 속에서 참았던 숨을 토해 내는 소리.

요즘 혼자 즐겨 부르는 노래가 있다. 시 〈삶이 그대를 속일지라도〉에 곡을 붙인 노래다.

마음은 미래를 꿈꾸니 슬픈 오늘은 곧 지나 버리네

삶이 그대를 차마 속일지라도 슬퍼하거나 화내지 마

절망의 날 그대 참고 견디면 기쁨의 날 꼭 올 거야

엄마는 어떤 마음으로 그 버거운 삶을 견뎌 냈을까. 행복이라는 것을 품어 본 적은 있었을까. 그 끝 간 데 없는 모정으로 가족이라는 울타리를 지켜 낸 엄마.

"호이! 호이!"

물질을 끝낸 해녀들이 숨을 내쉰다. 어둡고 깊은 바닷속에서 참았던 숨을 휘파람 소리로 토해 낸다. 한 많은 일생을 한숨으로 살다 가신 엄마. 나는 엄마의 그 긴 한숨이 싫어 열심히 노래를 부른다. 한을 토해 내고 그 자리에 삶의 생기를 불어넣기 위해서.

주방에서 우산 쓴 여자

햇살이 보자기만큼 남은 오후, 저만치 한 여인이 검은 우산을 쓰고 걸어오고 있다. 얼른 손바닥을 펴 보았지만 비는 내리지 않았다. 그런 그녀가 궁금해 자꾸 뒤돌아보았다.

오랜 세월 희로애락을 보냈던 서울을 떠나기로 했다. 바늘구멍만 한 빛조차 스며들 틈 없는 블랙이었고 코로나까지 덮쳐 날마다 살얼음판이다. 그러나 어디로 터전을 옮겨야 할지 막막했다. 전국 지도를 쫙 펼쳐 놓았다. 눈을 감고 지도 위 한 곳을 손가락으로 짚었다. 그곳을 내 운명으로 받아들이기 위해서.

이른 봄 천마산을 찾았다. 언제나처럼 숲은 안온하다. 시선 닿는 곳마다 혹독한 추위를 견뎌 내고 피어난 야생화가 화사하다. 그 모습을 놓칠세라 카메라에 담았다. 이곳이라면 내 삶에 작은 꽃이라도 피워 낼 거 같았다. 옮겨갈 곳이 정해지니 '쇠뿔도 단김에 빼라'고 천마산 주변을 알아보았지만, 나온 집이 없었다. 며칠 지나 부동산에서 연락이 왔다.

"이곳은 코로나 청정지역입니다. 여기 사람들은 코로나가 뭔지 모르고 살아요."

"이런 집은 없어서 나오자마자 금방 나갑니다."

청정지역과 금방 나간다는 말에 덥석 계약해 버렸다.

붉은 벽돌집은 도타워진 봄 햇살을 가득 품고 있었다. 나의 마음을 끈 건 발코니가 딸린 이층 방이었다. 굳이 창 넓은 찻집에 가지 않아도 분위기 좋은 카페가 될 터였다. 이곳이라면 오랫동안 기생했던 내면의 음습(陰濕)한 싹도 사라질 거 같았다. 저 멀리 연둣빛 숲에 둘러싸인 마을은 더없이 평화로워 보였다. 싱싱한 푸성귀와 온갖 꽃을 가꿀 수 있는 넓은 마당도 있었다.

좋은 일과 나쁜 일은 함께 온다고 했던가. 이사하고 며칠 되지 않아 나의 야무진 꿈은 한낱 사상누각(沙上樓閣)이 되었다. 부동산 사장 말은 다 허풍이었다. 전에 살던 할머니가 이 집에서 죽음을 맞이했고, 그 뒤 6개월 동안 방치되었다는 것을 알았다. 그리고 여러 마리 개와 고양이가 살았다는 사실을 증명하듯 누런 털이 뭉쳐 나왔다. 베란다 창은 여닫을 때마다 관절 꺾어지는 소리를 냈고, 나무로 된 테라스는 눈비를 맞아 쿨렁거렸다. 또 시커먼 벌레들이 기를 쓰고 집 안으로 들어왔고, 파릇파릇했던 풀포기는 어느덧 쑥대밭이 되었다. 폐보다 더 깊숙한 곳에서 한숨이 터져 나왔다.

이사 오고 몇 개월쯤 되었을까. 드디어 집이 본색을 드러내기 시작했다. 갈빛 물이 주방 테이블 위에 떨어져 있어 냄새를 맡아보고 맛도 보았다. 분명 간장은 아니었다. 위를 올려다보니 천장에 물방울이 박쥐처럼 매달려 있었다. 급기야 물방울은 몸집을 늘렸고 왼쪽에서 떨어지던 물이 오른쪽으로 옮겨갔다. 어디서 나타날지 모르는 두더지 잡기 게임 같았다. 바닥에 쓰레기통은 물론 스티로폼 통, 돗자리와 신문지까지 늘어났다. 주방은 물 폭탄을 맞은 전쟁터였다.

집주인은 중국에 살았다. 그래서 이 집을 지은 건축업자가 관리했고, 마을에도 그가 지었다는 집이 여러 채였다. 하루가 멀다고 하자(瑕疵) 보수 때문에 제집처럼 들락거렸다. 곧 누수전문업체 사장을 불러들였다. 그는 얼굴빛이 불콰하고 흰머리 더부룩한 칠십 초중반쯤 되어 보였다. 선뜻 신뢰가 가지 않았다. 발을 옮길 때마다 옷에서 흙과 시멘트 가루가 떨어졌다. 잠가 놓았던 물탱크와 보일러 스위치를 올리며 누수(漏水)는 탐지기로 금방 잡힌다고 했다.

다음 날부터 본격적인 공사가 시작되었다. 그는 화장실 바닥에 납작 엎드려 누수탐지기를 대었다. 추가 움직이는지, 물소리가 감지되는지 온 신경을 곤추세웠다. 그러나 아무 소리도 잡아내지 못했다. 곧 변기와 세면대가 뜯기고 멀쩡한 타일 바닥이 깨부숴졌다. 윤기 자르르한 거실 나무판까지 뜯어냈다. 시멘트 가루로 집 안이 뿌옇다. 저녁이 되자 장갑을 탁탁 털며 짐을 챙겼다.

"내 30년 동안 만 채도 넘게 공사했지만, 이렇게 조악한 집 설계는 처음이네요. 아무래도 누수 찾는 데 시간이 걸리겠는데요."

나는 어이가 없었다. 전문가라며 건축업자가 그의 손을 잡고 오지 않았던가. 요즘 밥도 제때 못 먹을 정도로 찾는 곳이 많다며 생각 같아서는

다른 사람한테 위임하고 싶다 했다.

"아니 사장님! 여기 사람 사는 집이에요. 집을 이 지경으로 해놓고 다른 사람한테 위임이라니요."

"내가 오죽이나 바쁘면 못 하겠다 안 해요."

그 소리에 내 인내심이 팥죽처럼 들끓기 시작했다. 애원하고 협박해서(?) 이틀 후에 오겠다는 약속을 겨우 받아냈다.

밥하고 설거지하기 위해서, 빨래하기 위해서 밸브를 열었다 잠갔다. 숨구멍을 열어 준 것인지 물줄기는 더 거세어졌다. 우비를 입고 큰 우산을 어깨 위에 받쳤다. '주방에서 우산 쓴 여자'가 된 것이다. 내 가슴골을 타고 물인지 눈물인지 흘러내렸다.

원인은 온수관이 터져서였다. 배관에 금이 가 그 틈새로 물이 새어 나왔다. 비좁은 공간에서 시멘트 가루를 뒤집어쓰고 일하는 그를 보자 '남편이 저토록 고생하는 걸 부인은 알고 있을까. 지극정성으로 남편에게 잘해야 할 텐데…' 뜬금없이 엉뚱한 생각까지 들었다. 깜깜할 때 일어나 꾸역꾸역 같은 일을 되풀이하며 살아가는 삶은 얼마나 고달플까. 팔자도 운에 따라 결정되는 걸까. 내게 측은지심을 불러온 그를 위해 커피를 내리고 간식을 챙겼다.

시멘트가 마르기를 기다리다 보니 또 며칠이 걸렸다. 다행히 혹한의 겨울이 시작되기 전 공사가 마무리되었다. 평범한 일상이 얼마나 소중한 것인지. 그러나 그것도 잠시, 완벽하게 고쳤으니 염려 말라고 큰소리 쳤는데도 불구하고 다시 주방에 비가 내렸다. 내 속에서 칼을 든 백정이 날뛰기 시작했다.

내가 직접 누수전문업체를 선택했다. 아무도 믿고 싶지 않았다. 다시 화장실이 아수라장이 되었다. 이번에는 1층 주방 천장까지 뜯어냈다. 먼저 공사는 엉터리라며 일한 사람의 양심을 탓했다. 재질이 저렴한 배관을 썼기 때문에 터진 거였다.

공포는 현재진행형인지 시간이 흘러도 쉽게 악몽에서 벗어나지 못했다. 주방에 서면 천장부터 시선이 갔다. 마치 천장 깊숙한 곳에 괴물이 살기라도 하는 것처럼 등골이 오싹했다.

칠십 언저리쯤 되면 전원생활도 괜찮겠다 싶었는데 계획대로 되지 않았다. 과연 잃은 것과 얻은 것은 무엇일까. 만약 운명이라고 생각한 그곳으로 이사했다면 삶은 또 어떻게 흘러갔을까. 지나가면 돌이킬 수 없는 것. 가끔 다른 삶, 다른 곳을 상상해 본다. 멀리서 좋아 보인다고 성급하게 내 것으로 만들지는 말자. 어쨌거나 오지게 살아봤던 전원생활. 이걸로 됐다.

최문정

그림 이야기
기차보다 빠른 여정
백운대의 오케스트라
치매 사촌일까?

ddolddol39@hanmail.net

그림 이야기

우리 집 식탁 앞에 예쁜 그림 하나가 걸려 있다. 가로 20, 세로 10센티미터. 아주 밝고 강한 빛이 하늘에서는 어두움을 뚫고 땅에서는 숲을 뚫고 이곳을 향해 쏟아지는 그림이다. 이 그림은 일흔이 넘은 노교수가 물감으로 그린 것인데, 그 빛을 보고 있으면 어떻게 저렇게 강렬한 빛을 물감으로 표현할 수 있을까 놀란다. 이 그림이 내게 오게 된 경위는 좀 색다르다.

어느 날 버스에서 내리는데 동네에서 주사를 놔주는 간호사를 만났다. 나를 보자마자 환자 한 분을 찾아가 보란다. 나는 성당에서 레지오 활동을 하고 있어, 봉사를 자처하며 환자를 만났다.

딸과 함께 사는 노부부인데 부인은 오래전부터 병석에 누워 있고, 교적은 명동성당에 있으며, 17년 동안 살면서 한 번도 우리 성당에 나오지 않은, 이웃과 전혀 왕래가 없는 사람이라고 했다. 어쩌면 문을 안 열어줄지도 모르지만 꼭 한 번 찾아가 보란다.

바로 찾아갔다. 대문은 능소화 넝쿨이 어지럽게 늘어져 있는 녹슨 철대문이었다. 벨을 눌렀다. 아무 인기척이 없었다. 다시 벨을 눌렀다. 조금 있으니 현관문이 열리면서 신을 끄는 소리가 들렸다.

"뉘시오?"

잠시 긴장이 흘렀다.

"저 성당에서 왔습니다. 환자를 만났으면 합니다."

조금 망설이는가 싶더니 대문이 짤가닥 열렸다. 어떻게 알았느냐는 듯 의아한 눈으로 나를 쳐다봐 방금 간호사를 만났다고 했다.

"들어오시오."

백발 노인이 앞장을 섰다. 잔디밭을 지나 현관 안으로 들어섰다. 실내는 어둡고 벽이나 가구는 문을 열어 준 노인만큼이나 오래 묵은 시간의 흔적이 눈에 띄었다.

"환자가 많이 아프신가요?"

암이 여러 곳에 전이되어 수술을 여러 번 했고, 지금은 진통제로 겨우 연명하고 있다고 한다. 안방으로 들어갔다. 한낮인데도 커튼 때문에 방은 더 어두웠다. 그래도 누워 있는 환자를 보는 순간 낯이 익었다. 내가 앉자 환자도 나를 알아보는 눈치였다.

"저를 아시겠어요?"

환자는 희미하게 안다는 표시를 했다. 그게 몇 년 전이었더라?

"우리, 성당에서 함께 합창했지요?"

역시 가늘게 고개를 끄덕였다. 잠깐 아주 잠깐 함께 합창을 한 적이 있었다. 오랜 병환으로 옛 모습은 어디에도 없었지만, 그래도 서로 알아

볼 수 있다는 게 얼마나 다행인지, 용기를 내어 물었다.

"신부님을 모시고 올까요?"

그러자 환자는 좋다는 표정을 지으며 아주 약하게 "네" 했다. 싫다고 고개를 저으면 어떻게 하나 걱정했는데, 마음이 놓였다. 몇 마디 나누다 다음 날로 약속을 하고 나왔다.

성당에서는 운명하기 전에 받는 성사가 있다. 모든 죄에 대한 사함을 받고 가벼운 마음으로 이 세상을 떠날 수 있게 하는 성사다. 교우라면 누구나 임종이 가까운 환자에게 이 성사를 받도록 도와 주어야 한다. 그런데 단신으로 이북에서 피란 나와 만난 부부라 딸 외는 오는 사람도 가는 사람도 없단다.

약속한 날 신부님을 모시고 갔다. 환자는 신부님을 보자 사력을 다해 일어나려고 애를 썼다. 신부님이 부축하여 겨우 앉히고 성사를 보겠느냐 물으니 환자는 고개를 끄덕였다. 신부님은 성호를 긋고 한 팔로 뼈만 앙상한 머리를 감싸안고 귀를 환자 입 가까이에 댔다. 시간이 흘렀다. 신부님이 기도를 끝내고 성체를 준비하는 동안 환자는 앙상한 팔로 가느다란 다리를 억지로 끌어다 무릎을 꿇으려고 애를 썼다. 암이 여러 곳에 전이되어 몇 번의 수술로 만신창이가 된 몸은 검불 하나 들 힘도 없어 보였다. 성체를 모시려고 무릎을 꿇으려는 모습에서 나는 "겨자씨만 한 믿음만 있어도…"라는 성경 구절을 떠올리며 그의 집채만 한 믿음을 보았다. 성체를 영하자 그녀는 다시 누웠고, 얼굴이 금세 편안해 보였다.

며칠 뒤 교우와 함께 다시 그 집을 찾아갔다. 성사를 본 뒤 환자의 모든 동작이 멈추어졌다고 한다. 환자는 겨우 숨을 쉬고 있었지만 모든 게 정지되어 보였다. 임종이 가까웠음을 짐작할 수 있었다. 오늘 밤을 넘기기가 어려워 보였다. 만일의 경우 부녀만이 임종을 지킨다는 게 너무 쓸쓸해 보여 발이 떨어지지 않았다.

"오늘 밤 이 집에 있습시다."

우린 나왔던 길을 되돌아갔다. 그리고 환자와 멀찌감치 떨어진 곳에 앉아 임종 기도를 바치기 시작했다. 새벽 세 시쯤 되었을까, 환자가 숨을 몰아쉬기 시작했다. 임종이 가까워 온 것이다. 환자가 가늘게 눈을 떴다. 그리고 초점 없는 시선으로 방안을 천천히 둘러보았다. 벽이며 드리워진 커튼이며 천장까지, 그러다가 앉아 있는 우리에게도 시선을 주더니 옆에 앉은 남편에게 멈추었다. 그리고 천천히 딸에게로 옮겨갔다.

이 세상에서 단 하나뿐인 핏줄, 온 세상과도 바꿀 수 없었던 귀중하고도 귀중한 딸, 그 과년한 딸에게 짝도 맺어 주지 못하고 떠나는 엄마의 애절함인가. 아무 표정도 없는 눈에서 눈물이 주르르 흘렀다. 딸은 엄마의 눈물을 닦아 주며 흐느꼈다.

"엄마, 나 괜찮아, 걱정하지 마!"

모녀의 시선은 꺼져 가는 모닥불처럼 길게 이어지다 서서히 멈추었고 딸의 흐느낌만 들려왔다. 이 세상에 태어나 부모의 딸로서, 한 남자의 아내로서, 그리고 하나뿐인 딸의 엄마로 분주하게 그리고 열심히 살다 마지막으로 딸의 모습을 아련히 눈에 담고 조용히 생을 마감했다.

결국 사는 것과 죽는 것이 종이 한 장 차이보다 못한 게 아닌가 싶다.

긴 삶이라는데 주검 앞에서는 어디에도 그 긴 삶은 보이지 않았다. 흔적도 없이 사라질 삶을 우리는 왜 이렇게 질기게 살고 있는 것일까. 성당 연령회에 부음을 알리고 조용히 그 집을 나왔다.

나는 지금도 돌아가신 환자의 믿음이 나를 그 집으로 인도했다고 생각한다. 그래도 퇴임한 노교수는 가장 정성스레 그린 그 그림을 내게 꼭 주고 싶다며 가져오셨다.

그분은 대학 교재를 여러 권 쓴 철학을 강의하신 분이다. 퇴임 후 물감을 소재로 우주 만물을 모두 빛으로 표현하고 싶다며 그린 그림 중 하나다. 지금도 그 그림은 우리 집 식탁 위에 걸려 있다. 나는 그림에는 문외한이지만 어느 시대 어느 유명한 화가의 그림도 나를 이렇게 매혹시킨 적은 없다. 빛이 쏟아지는 그곳은 분명 희망이 가득한 세상을 말함일 것이고, 그분은 내게 희망이 가득한 빛을 주고 싶으셨던 것 같다.

기차보다 빠른 여정

우리는 느리고 할인되는 기차표로 바꾼다. 단 식당칸이 있는 기차라야 한다. 타자마자 아예 그곳으로 직행한다. 식당 안은 텅 비어 있다. 테이블이 있는 넓은 창가로 가서 마주 앉는다. 기차가 움직이자 먼저 커피를 시킨다. 그것도 한 잔만. 종이컵으로 두 잔을 만들지만 차고 넘친다. 넘치는 잔에 얼른 입을 대고 한 모금 마시다 마주 앉은 사람을 본다. 순간 주름진 얼굴에 가 버린 젊음이 살짝 비친다. 대단한 발견이다. 입에서 웃음이 팍 터진다. 그런 나를 의아해하며 무슨 일인가 눈으로 묻는다. 아무것도 아니라고 고개를 젓는다. 발견은 나만의 비밀로 놔두기로 한다. 애들은 이런 맛을 모른다. 부모는 낭만도 없는 줄 안다.

기차는 도시들을 스치며 빈 들판을 지나가기도 하고 먼 산을 바라보면서 물 위를 달리기도 한다. 달리는 차 속에서 보면 지나가는 것은 무엇이나 다 아름답다. 우리 인생처럼 말이다. 조바심하고 애타던 날들이 지금은 도리어 아쉽고 그리운 건 왜일까.

책을 꺼낸다. 남편은 월북 작가가 쓴 《황진이》를 꺼내고, 나는 그동안 읽지 못한 수필집을 꺼낸다. 우리가 긴 기차여행을 택한 이유가 여기에 도 있다. 책을 읽다 가끔 창밖을 본다. 내용을 머릿속에 담다 말고 창밖 풍경에 정신을 놓기도 한다. 속절없이 지나가는 세월처럼 풍경은 머물 줄 모르며 지나간다. 그렇게 지나가는 시간이 너무 편안해서 이 시간이 끝없이 이어졌으면 한다. 종종거리며 살 때도 아닌데 이런 휴식이 왜 이리 좋은 건지, 아무리 이 시간이 좋아서 붙들고 싶어도 그래도 종착역은 다가온다. 아쉬움을 끝내고 내릴 수밖에 없다.

부산에 도착하면 우리는 곧장 자갈치시장으로 간다. 자갈치시장은 언 제나 붐빈다. 그 비좁은 골목길에 버스를 세워 놓고 관광객을 풀어놓으 니 더 붐비게 된다. 그 인파 속을 헤집고 다니다 보면 시끄럽게 떠드는 사투리 속에서도 싱싱한 생선이 눈에 들어온다. 오늘은 갈치를 산다. 제 법 굵다. 도미도 산다. 이제부터 우리의 소꿉놀이가 시작되는 것이다.

여기는 해운대에 있는 콘도다. 쌀을 안친다. 손질한 생선에 집에서 준 비해 온 야채를 한 움큼씩 듬뿍듬뿍 넣어 끓이고, 졸인다. 거기에다 슈 퍼에서 사온 김치를 놓으면 진수성찬이 따로 없다.

집에서는 국 하나 끓이는데도 복잡하고 시간이 오래 걸리는데, 여기 서는 간단하고 신속하다. 그래도 맛은 기가 막히다. 바다가 보여서일까, 아니면 갈매기 소리가 들려서일까.

처음엔 나와서까지 고생을 자처하느냐고 만류하더니 나보다 남편이 더 좋아한다. 여기는 생선도 더 맛이 있단다. 집에서도 둘이 식사할 때 가 대부분이지만, 이곳에서는 좀 다른 것 같다. 이걸 오붓하다고 해야 하나 알차다고 해야 하나, 하여간 재미있다.

차는 나란히 앉아서 바다를 바라보며 마신다. 파도는 출렁이며 하얀 거품을 만든다. 그리고 흰줄을 만들어 한 줄 한 줄 모래사장에 던지면, 파도는 부서진다. 마치 모래사장(백사장)에게 장난을 치는 것 같다. 작은 물새가 종종거리며 파도를 따라다닌다. 세 살짜리 손자 녀석처럼 말이다. 녀석을 여기에 데려다 놓으면 저 물새처럼 파도와 잘 어울릴 텐데, 아쉽다. 다음엔 꼭 데려와야지.

바다는 점점 검어 보이고 거품은 더 희어 보이기 시작한다. 어두워지고 있는 것이다. 그러나 이렇게 내려다보는 것만으로 만족하지 않아 내려가 모래사장을 걷는다. 방금 물 먹은 모래사장엔 두 사람의 발자국이 선명하다. 곧 지워지고 만다. 흰 거품이 그대로 놔두질 않는다. 그래도 우리는 걷는다.

젊은이들이 쌍쌍이 앉아 있다. 그 수도 조금씩 늘어난다. 그들은 검은 바다 위로 불꽃을 터트리며 환호한다.

'쏴-악.'

파도가 환호 소리를 먹는다. 작은 별들이 공중 속으로 퍼졌다가 사라진다. 파도가 별들도 다 먹어 버리는 모양이다.

여기서는 파도가 왕이다. 그 소리는 거대하다. 그 몸짓도 우람하다. 하늘 아래 이보다 큰 몸짓이 또 있을까. 이보다 더 우렁찬 소리도 파도 소리에 묻히다 보면 나는 모래알처럼 작아진다. 꿈도, 이야기도, 모든 사연도 담겨 있지 않은 작은 내가 파도 앞에 앉아 있다.

'그렇지, 내가 살아온 이야기가 있기나 한가.'

아무것도 없는 것 같다. 두 사람이 함께 있다는 것, 그것 외는 정말 아무것도 없는 것 같다. 밤은 점점 깊어지는데 사람들은 바다 곁을 떠날 줄 모른다.

이박삼일이 떠나가고 있다. 숨 한 번 크게 들이쉬는 사이에 다 날아가버린 느낌이다. 그래도 약속한 시간이 되었으니 떠나야 한다.

우리는 다시 기차를 탄다. 테이블을 마주하고 앉는다. 창밖의 집들이 서서히 움직이면서 부산이 우리를 떠나고 있다. 아쉬움에 손을 흔들어본다.

책을 꺼내어 테이블 위에 펼친다. 읽다 남은 부분을 찾는다. 읽는 즐거움에 시간이 가는 것도, 우리가 가고 있다는 것도 잊는다. 어느 사이 기차는 서울을 향해 어두움을 헤치며 열심히 달린다.

백운대의 오케스트라

우리 집에 자주 드나드는 삼촌댁 동생이 있었다. 나는 그를 사돈이라고 불렀다. 나보다 두 학번 위인 그는 여행 경험이 많아 한번 이야기를 풀어놓으면 끝이 없었다. 강원도 태백산에서 제주도 한라산까지, 우리나라 모든 산 이야기는 그 사돈에게서 다 들은 셈이다. 특히 겨울 산 이야기는 나를 푹 빠지게 했다. 나는 지금껏 겨울 산을 한 번도 간 적이 없다. 기회가 있으면 한 번은 꼭 가 보리라 마음먹었다.

구정 때였던가. 백운대를 가는데 같이 가잔다. 처음에는 어림도 없다고 고개를 저었지만, 여럿이 가는데 끼어 가면 갈 수도 있겠다 싶어 가겠다고 약속했다.

구정 때만 되면 매섭던 추위가 그날도 예외는 아니었다. 거기다 눈까지 많이 왔다. 그런 날씨에 산에 간다는 것은 도저히 불가능해 보였다. 결국 못 가겠다는 말을 하고 잘 다녀오라고 인사만 하고 와야겠다는 생각으로 약속 장소에 나갔다. 그런데 사돈 혼자 와 있고 다른 사람은 보이지 않았다. 혼자 가기로 했단다. 사돈은 내 복장을 보고 도리어 의아

해했다. 산행 복장이 아닌 것이었다. 다음 기회에 가겠다고 하니 펄쩍 뛰었다. 마음먹은 때 가자는 것이다. 방한용 외투도 하나 더 준비했단다. 결국 따라나설 수 밖에 없었다.

산머리에 들어서니 눈은 더 많았다. 나뭇가지가 눈 무게에 모두 바닥으로 늘어졌고 조금만 스쳐도 눈이 와르르 쏟아졌다. 그렇게 많은 눈은 생전 처음 보았다. 벌써 무릎까지 푹푹 빠졌다. 눈 바다를 헤엄치는 것처럼 걸었다. 그렇게 눈과 씨름하며 드디어 백운대 밑까지 왔다. 백운대 정상은 안 보였지만 엄청나게 큰 바위가 하늘만큼 큰 눈사람이 되어 거대하게 서 있었다. 휘몰아치는 바람 때문인지 반은 눈이요 반은 얼음으로 뒤덮인 바윗덩어리는 올려다보는 것만으로도 기가 질렸다.

거기까지는 눈에 취해 멋모르고 왔지만, 그 이상은 도저히 아니었다, 사돈은 아무렇지도 않은 표정으로 올라갈 준비를 하고 있었다. 그리고 난간을 꽉 붙들라고 단단히 당부했다. 못 가겠다고 극구 사양하자, 여기까지 와서 무슨 소리냐며 걱정 말고 난간만 꼭 붙들고 자기를 따라오기만 하면 된단다.

결국 시키는 대로 난간을 꽉 붙들었다. 발 디딜 자리를 보니 눈은 바람에 다 날아가고 반들반들한 얼음만 보였다. 단단한 각오만으로 될까, 팔에 온 힘을 실어 보았다. 난간이 꼭대기까지 있다고 하니 해 보자. 그리고 한 발 한 발 옮기는데 바람이 어찌나 거센지 숨을 들이쉴 수도 내쉴 수도 없었다. 잘못하면 떨어진다는 생각에 몸이 오그라들고 겁이 났다. 안 되겠다고 소리쳤지만 앞서간 사돈은 들었는지 말았는지 머리를 푹 숙이고 걷고 있었다.

미끄러운 것도 문제지만 바람이 더 문제였다. 난간을 쥔 장갑 안은 얼어서 두 겹 세 겹 얼음 덩어리가 되어 갔다. 영하 20도가 넘는 추위에 바람은 점점 더 날을 세워 고개를 돌리는 것조차 힘들어 주변을 살필 수도 없었다. 사력을 다해 오르는데 정말 죽을 지경이란 게 이를 두고 하는 말 같았다. 정상은 구름에 가려 그 끝은 보이지 않고 시간도 느낄 수 없고, 어디까지 왔는지 위치도 알 수 없었다. 아마 이 순간이 영원히 계속된다 하더라도 어쩔 수 없었다. 이러다가 하늘 끝까지 가는 건 아닌지. 오직 바람과 추위를 견뎌 내려는 순간만이 있을 뿐, 공포, 그 공포가 유일하게 나를 버티게 했다.

시간이 얼마나 흘렀을까. 온몸이 얼음이 되어 겨우 움직이는데 어렴풋이 어디서 소리가 들렸다.

"정상이다!"

눈썹에 덮인 고드름 때문인지 눈으로 보기 전에 귀에 먼저 들렸다.

"아, 해냈다" 하고 올라서는데 바람이 너무 세차게 불어 숨을 쉴 수가 없어 돌아서는데 바로 눈앞 바위 위에 물체가 보였다. 신기루처럼 바람 속에 서 있는 것, 그건 사람이었다. 믿을 수 없었지만 분명 사람이었다. 그것도 한 사람이 아닌 두 사람. 여기서 사람을 만나다니, 그들도 우리를 보자 놀랐는지 누가 먼저랄 것도 없이 서로 다가서며 손을 내밀었다.

"아, 반갑습니다."

"대단하십니다."

서로 감탄하며 통성명을 했다. 그들도 우리와 똑같은 경로를 밟고 온 대학생들이었다. 학생이란 말에 귀가 번쩍 뜨였다. 역시 학생들이 아니고는 그런 무모한 도전은 어림도 없다. 지금도 용트림을 치는 그 살인적인 칼바람을 뚫을 수 있는 건 학생이기에 가능했는지 모른다. 역사를 보아도 고비고비 학생들이 있었다. 시대의 거센 회오리를 제일 먼저 막아섰던 것도 학생들이었다. 그들은 무모하리만큼 행동했고, 강한 만큼 의지가 강했다. 그날의 도전도 우리가 학생이었기에 가능했을 것이다.

학교로 보내 주겠다며 기념사진을 찍어 주고 그들은 먼저 내려갔다. 난간을 꽉 붙들고 멀고도 먼 저 고비사막에서부터 날라왔을 거센 바람을 온몸으로 받으며 서 있는데, 태산보다 더 큰 그 바람이 왜 그렇게 시원하던지, 그것은 광란의 오케스트라처럼 온몸을 내리치며 질주하는 칼바람이 수만 리를 달려왔을 장엄한 오케스트라였다. 쾅쾅! 전 악장을 온몸으로 느끼며 높이 떠 있는 나는 과연 누구인가. 끓어오르는 감회에 어찌할 바를 몰라 눈앞에 펼쳐진 구름바다를 향해 야호를 외쳐댔다. 있는 힘을 다해 외쳤지만 바람이 다 먹어 버렸는지 내 소리는 입 안에서만 맴돌았다. "아, 이 맛!" 이 맛 때문에 겨울 산에 오르는 것인가.

내려올 때는 떨 필요가 전혀 없었다. 두 팔을 들어 머리 위에서 맞잡고 난간에 매달려 미끄럼 타듯 내려왔다. 840여 미터나 되는 빙벽을 단숨에 내려갈 듯이 내가 앞장을 서자 사돈은 도리어 겁이 나는지 천천히를 거듭 되뇌었다. 이제는 두 번 다시 겁먹지 않으리라. 쭉 미끄러져 내려오고 또 쭉 미끄러져 내려오고. 그러는 중에도 아차 하는 순간도 많았지만 즐기며 아슬아슬하게 내려왔다. 대롱대롱 매달리는 위험을 즐기는 나를 바람은 더 즐기지 않았을까. 올라갈 때보다 몇백 배나 빠르게, 몇 배나 즐기며 빙벽의 맨살을 거칠 것 없이 미끄러지며 내려왔다.

사돈은 백운대 바로 밑 백운정이라는 바위 밑에 있는 작은 암자로 나를 안내했다. 암자라지만 방 하나에 부엌이 전부인데 주인은 간데없고 객들만 초입부터 왁자지껄했다. 학생들로 보이는 젊은이들이 방안에도 부엌에도 꽉 차 있었다. 내려오면서 사람이라고는 그림자도 못 보았는데 거기에 그렇게들 있었다. 그들도 우리와 똑같은 백운대의 용사들일 것이다.

워낙 벅적대다 보니 서로 인사는커녕 빨리 좋은 자리를 잡아 식사하기에 바빴다. 사돈도 나를 이 사람 저 사람을 밀치며 화롯가에 앉게 한 다음 뜨거운 물을 한 대접 가지고 왔다. 우리는 화롯가 한 귀퉁이에 앉아서 사돈이 싸온 차디찬 김밥을 먹기 시작했다. 넉살 좋은 사돈은 그렇게 안 하면 생전 못 온다며 "잘 왔지요" 하고 씩 웃었다. 나도 그렇다는 뜻으로 웃으며 열심히 김밥을 먹었다. 생전 처음 먹어 보는 꿀맛이었다.

그때 만일 백운대 앞에서 돌아섰더라면 나는 어떤 모습으로 기억에 남았을까? 그 뒤에도 여러 번 백운대를 다녀왔지만, 바람 속에서 막막했던 그 순간은 영원히 잊을 수가 없었다.

그해 그 겨울을 생각하면 지금도 감회가 깊다. 그 바람이, 눈보라가, 그리고 빙벽 그 자체가 모두 공포였는데 말할 수 없이 뿌듯했던 자신감이 오랫동안 내게 삶의 원천이 되었는지 모른다. 그래서 오늘날까지 살면

서 높고 낮은 고비들을 그런대로 개의치 않고 살아올 수 있었던 건 아닌

지. 그때의 백운대는 지금도 변함없이 그 자리에 그대로 서 있다.

치매 사촌일까?

　나는 항상 무엇을 찾느라 이 방 저 방을 뛰어다닌다. 건망증 때문이다. 그 건망증 때문에 누구와도 약속을 잘 안 한다. 어설프게 만나는 장소만 바뀌어도, 옷만 갈아입어도 못 알아보는 게 다반사다. 선천적으로 본태성 치매를 갖고 태어난 게 아닌가, 그렇게 나 자신을 의심할 때가 많다. 인사는 고사하고 이 사람을 어디서 봤더라? 생각을 더듬느라 상대방 얼굴을 빤히 들여다보기까지 한다. 그럴 때 상대방은 어떤 기분일까.

　최근에 그 증상이 심해 치매 센터에 갔다. 질의 문답하는 의사 앞에서 나는 의외로 똘똘했나 보다. 우리 손녀처럼은 아니지만 아직은 초롱초롱하다는 의사 말을 듣고 나왔다.

　며칠 전 일이다. 제기동에서 밥 봉사를 끝내고 오던 중이었다. 같이 버스를 탄 일행과 한참 이야기를 주고받다 보니 버스가 동대문을 지나 종로를 달리고 있었다. 동료에게 이 차가 어디를 가는 거냐고 물으니, 남대문 쪽을 가는 중인데 내가 남대문시장에 간다며 탔다는 것이다.

　"남대문? 남대문시장은 왜?"

아무리 생각해도 왜 남대문에 가는지 생각나지 않았다. 버스는 종로를 지나 남대문 쪽으로 방향을 틀며 달리고 있는데 생각이 날 때까지 기다리다가는 어디까지 갈지 알 수 없어 일단 남대문에서 내리기로 했다.

"어떻게 하시려고요?"

내리고 나니 암담했다. 아무리 잘 잊기로 버스를 왜 탔는지조차 모른다는 것은 중증이다. 기억 못한다는 것은 건망증과는 다르다. 정말 치매 사촌쯤 온 것일까? 잠시 그 자리에 서 있다가 남대문시장을 향해 걷기로 했다. 기억은 여전히 오리무중이었다.

탈 때는 어디를 무엇 때문에 목적이 분명했으니 그런 말을 했을 텐데, 아무리 생각해 보아도 왜 남대문을 가려고 했는지 기억이 나지 않았다.

며칠 전 친구한테서 전화가 왔다. 남편이 알츠하이머 진단을 받았단다. 넋 나간 친구의 얼굴이 떠올랐지만 위로할 말이 없었다. 아주 건장한 사람이었는데 그런 사람도 치매라니 놀라며 나도 그 지경인가 겁이 났다. 내 안에서 무슨 일이 일어나고 있는데 나만 모르고 있는 건 아닌지, 내 기억이 소진되고 있는 중이라면? 아찔했다. 마음을 진정시켜야 했다. 잠시 서서 심호흡을 했다. 이럴 때 당황하면 더 어려워진다. 생각이 안 나면 그런대로 놔두자. 그리고 내가 가는 대로 따라가 보자.

남대문시장 입구에 들어서면 제일 먼저 구두점이 나온다. 그곳을 지나면 큰 모자점이 있어 가끔 모자를 만지작거리다 가곤 했다. 그다음에는 타월 상점이 있다. 그 상점들을 하나하나 훑어보며 지나가는데 오른쪽 골목으로 갈라지는 지점에서 걸음을 멈췄다. 그대로 직진하면 남대문시장 한복판으로 가는 거다. 나는 잠시 서 있다가 오른쪽 골목 쪽으로 눈을 돌렸다. 그 골목은 꽃을 사러 갈 때 질러서 가곤 하던 곳이다. 그리로 가면 미용 재료를 파는 상점도 두어 군데 있고, 선풍기를 파는 전자 상가도 있다. 모두 낯익은, 내가 가끔 이용하는 상점들이다. 그 골목 끝 쪽에서 꺾어지는 부분에 이르면 남대문시장에서 유일하게 채소를 파는 상가며 생선 가게가 있다.

나는 골목이 꺾어지는 부분까지 눈을 주다 발을 내디뎠다. 걸으면서 상점 간판도 하나하나 훑어보며 지나다가 전봇대 중간쯤에 한쪽 끈이 끊어져 모로 매달린 문구점 간판에 시선이 멈췄다. 동시에 발도 멈췄다. 공중에 매달린 간판을 읽어 내려가다 순간 '아!' 하는 탄성이 입에서 나왔다. 물감이었다. 내가 남대문에 온 것은 저 상점 서랍에 있는 검은 물감을 사러 온 것이다.

내겐 이십 년 넘게 입고 다닌 검은 코트가 있다. 오래 입어서 낡을 대로 낡은 코트다. 나는 유독 그 옷을 좋아한다. 다른 겨울 코트가 몇 개 있지만 별로 신경 쓰지 않아도 되는 곳엔 언제나 그 코트를 입고 간다. 그 옷은 요술품 같다. 이렇게 나이를 먹었어도 전혀 어색하지 않다. 내 피를 떼어 내면 바바리로 둔갑한다. 바바리로도 그만이다. 그런데 너무 낡아 넓은 등 언저리가 햇볕에 바래 누리끼리하게 변색되고 있었다. 그 변색이 왠지 나를 가끔 슬프게 했다. 그래도 옷에 대한 미련을 못 버리고 생각해 낸 것이 검은 물감이었다.

문방구점 주인은 자상하게 물들이는 법을 설명해 주었다. 소금과 물감을 넣고 물을 팔팔 끓이다가 불을 끄고 잘 저은 다음 물들일 옷을 넣고 치대는 방식으로 잘 주무르라고 했다. 시키는 대로 했더니 물이 까맣게 아주 잘 들었다. 그런대로 입을 만했고, 한겨울을 무사히 지냈다. 그러나 두 해는 무리였다. 다시 물을 들여야겠다는 생각을 해 오던 중이었다. 그러나 검은 물감 한 봉지 사려고 이곳 남대문까지는 와지지 않았다.

나는 상점 안으로 들어갔다. 휘 둘러보았다. 그리고 물감 서랍장 앞으로 갔다. 전에 하던 대로 서랍을 열고 손을 넣어 검은 물감 하나를 찾아 값을 치르고 나오면서 생각했다. 내가 잊은 게 아니라면 무엇일까. 생각이라는 것도 살아 있는 유기체인지 모른다. 내가 생각만 했지 행동으로 옮기지 않으니까 남대문이란 단어에 내 무의식이 꽂힌 게 분명했다.

무의식이란 무엇인가, 사전을 찾아보았다. 정신분석 용어로 일상의 정신 상태에 영향을 주고 있는 마음의 깊은 층이라 했다. 의식적으로 체험한 것이 뇌 속에 깊이 잠재되어 있다가 어떤 계기로 되살아나는 정신 활동의 범위라는 것이다. 사려고 늘 마음만 먹었지 행동을 하지 않은 자신 때문에 일어난 머릿속에서의 자구책이었다.

나는 평소에 잘 잊는 행위를 타고난 내 기질이라 여겼다. 그래서 실수를 하면서도 치매는 아니지 하고 손사래 치면서 봉사도 하고 글도 쓰고 했던 것 같다. 내 잊음은 정말 치매에서 온 것이 아니라 타고난 원래 성격? 거기에 나이까지 먹었으나 새삼스럽게 놀랄 것도 당황할 것도 없다.

이만큼 살았으니 이만큼 잊는 것은 당연한 것이리라. 설사 치매 사촌 쯤이라 해도 당황하지 말자. 그러려니 하고 자신을 달래며 살자. 하던 일이나 열심히 하자. 글도 쓰고 싶으면 쓰고 봉사할 수 있을 때까지 봉사하고, 그러면 됐지 그 이상 바랄 게 뭐가 더 있겠나. 오늘 일은 저장된 내 인식이 충실하게 나를 보좌해 준 덕이리라. 그렇게 생각하니 내 안에 또 다른 내가 있음이 분명했다. 그 내가 무의식일까.

나는 나 혼자가 아니다. 내 안에 나를 보좌해 주는 또 하나의 내가 있다. 그게 무의식이라면 그 무의식이 나를 얼마나 든든하게 해 주었는지. 오늘 너무 흐뭇해서 노래라도 부르고 싶은 심정으로 지금 걷고 있다.

한영옥

검정 고무신은 알고 있다
문학을 사랑한다는 것
불협화음이 빚은 글 한 포기
정성이 맛이다

okgusul5@naver.com

한영옥

검정 고무신은 알고 있다

꽃눈을 열려던 나무들이 웅성거린다. 삼월에 내린 눈의 영향이다. 실낱처럼 가느다란 가지에도 눈이 쌓였다. 산수유나무에 빨간 열매, 묵은 것을 밀어내며 병아리 부리처럼 고개 내민 노란 꽃은 하얀 눈으로 막을 드리웠다. 생기발랄하게 내밀었던 꽃잎들이 놀라 새초롬한 첫눈치고는 발목이 묻히도록 많이 내렸다.

만물이 요동하는 봄이라지만 이 가슴에는 어떤 새바람도 의욕도 꿈틀대지 않았다. 언제 내게 이리 한가한 시간이 있기나 했는지 기억조차 가물거렸다. 막상 한가로운 시간이지만 딱히 무엇을 해야겠다는 생각도 잊은 채 무의미한 시간을 흘려버리고 있었다.

그렇게 몸과 마음이 펑퍼짐해 있을 때 한 지인에게서 흥미 있는 소식을 들었다. 제주 서귀포시에서 작가들을 초청한다는 정보였다. 의욕이 생겼다. 선택을 받았으면 좋겠다는 생각이 들었다.

서류가 필요했다. 그동안 문학 활동을 해 온 근거며 초청하는 조건에 적합한 자료를 모두 온라인으로 보냈다. 결과가 나와 봐야 알지만, 지금이 기분을 바꾸기에도 좋은 기회 같아 작은 설렘이 일기도 했다. 사실 제주에는 단체며 동기, 형제 모임에서 여러 번 갔던 곳이기도 하다. 같은 장소를 가더라도 일행에 따라 느낌과 결과는 다르게 다가오기 마련이다.

드디어 기다리던 발표날, 글 한 편을 써 내야 한다는 부담감이 있기는 해도 선택되기를 바라는 마음이 앞섰다. 그리고 추천되었다는 소식이 왔다. 항공권 지원, 숙박 무료, 이박삼일 간 프로그램과 함께. 글 한 편 써 내는 일, 기꺼이 하리라는 의욕이 충만해졌다.

이박삼일 간의 일정이 시작되었다. 공항을 벗어나는 길, 처음 보는 가로수 먼나무는 열매가 탐스럽고 매혹적이었다. 마치 시집가는 새색시 볼 같다고나 할까. 사랑의 열매라고 한단다. 석류를 반으로 나눴을 때 보석 루비를 닮았다면 그것의 사촌쯤 되겠다 싶었다.

근대화되기 전엔 유배지였던 섬 제주, 아름답지만 큰 아픔과 한이 서린 곳이다. 제일 기억에 남는 건 알뜨르 비행장에서였다. 4·3사건 희생자 추모비 앞에 놓인 검정 고무신! 그중에서 가장 작은 검정 고무신은 그날의 뼈아픈 상흔을 조금이나마 짐작할 수 있었다. 영문도 모르고 트럭에 끌려 가면서 그 사실조차도 가족에게 알릴 수 없었던 참혹함! 죽음을 예감한 희생자들은 가족에게 남길 수 있는 유일한 신호로 시신이라도 찾기를 바라는 마음에 옷이며 신발을 벗어 던졌다고 한다. 행방이 묘연하던 가족들이 그것을 증거로 알 수 있었다는 사실에 가슴을 쓸어내려야 했다. 많은 세월이 흘렀어도 희생당한 웅덩이에는 그 물이 마르지 않는다는 현장 앞에서 그 어떤 말로 형언할 수가 없어 고개만 떨구었다.

우리는 크고 작은 일들을 맞이하며 살아가지만, 역사 속의 숭고한 그 희생은 무엇으로 대신할 수 있으랴!

이번 제주 탐방으로 지난 십 년간 아이들과의 생활로 공허했던 시간이 조금씩 채워져 간다. 그래도 아직은 아이들에게 용기와 지혜, 사랑과 효, 목소리로 연기해 가며 들려주던 그날을 기분 좋은 추억으로 되새기며 지내지만, 문학인으로서의 제주 탐방은 삶의 새로운 긍지와 자부심을 불어넣는 계기가 되었다.

문학을 사랑한다는 것

　칠월 첫날, 버스를 타고 외출하던 중이었다. 어느 정류장을 지나는데 칠십 후반쯤 되어 보이는 노인이 차에 올랐다. 흰머리가 성깃하고, 새하얀 모시옷을 단아하게 차려입고 가슴에는 책 한 권을 품고 있었다.

　그윽한 향기가 풍기는 듯한 작고 아담한 할머니 모습은 내 영상에서 지워지지 않았다. 할머니가 가슴에 품었던 책 한 권, 지긋한 나이임에도 다소곳이 책을 안고 차에 오르던 모습, 그런 정도라면 독서가 생활 속에 뿌리내려 있다는 것 아니겠는가. 물론 작은 가방도 있었다. 차에 앉으면 언제든 책을 펼칠 수 있는 마음 자세가 나를 그 기억에 묶어 두었다.

　이십 년 전 기억이다. 지금의 내 나이가 그쯤을 내달리고 있다. 지워지지 않는 그 영상이 어제처럼 오롯이 살아 있다. 현재 내 모습을 들여다본다. 아마도 그때를 계기로 평소 공부에 목말라하던 갈증 해소 방법이라도 찾으려는 듯 문학을 시작했다. 물론 어렸을 적 아버지가 객지에 나간 아들에게 늘 편지를 쓰게 한 습관도 있었을 것이다. 번번한 글 한 포기 엮어 내고자 이리저리 문학 동네를 기웃거리며 서성이던 날들.

펜을 들면 신들린 사람처럼 거침없이 줄줄 써 내려가는 그런 날을 늘 상상하며 갈구해 왔다. 얼마나 긴 인고의 시간이 필요하다는 것쯤 알고도 남음이 있다. 욕심이라는 걸 알면서도 그 언저리를 외면하지 못했다.

문학 동네를 서성이며 오고간 날들, 강산이 두 번 바뀌었다. 그동안 수필집을 한 권 엮어 내놨지만 한없는 부끄러움이 앞선다.

문예지에서 본 어느 문학평론가의 말이 생각난다.

"문학인과 문학 향유자의 명확한 구분 없이 혼동되어 있는 현실이다. 문학인은 작가로서 글을 써 수입을 창출해 내는 게 진정한 문학인이다."

문학 향유자는 각종 문예지에 등단을 해서 이름을 올리고 그로 인해 낭송가가 되기도 하고 시화전 등 문학 활동을 한다. 같은 문예지 사람들과 함께 공유하고 교류하며 문학 활동을 향유하는 즐거움으로 살아가는 일반적인 층을 말한다.

가령 회식이 끝난 후 마무리 격으로 노래방을 선호하던 때가 있었다. 그 자리에서 노래를 부르고 나면 노래방 기기에 뜨는 메시지 '당신은 가수입니다' 그 칭찬 한마디에 기분 좋아서 한 곡 더 앙코르를 외치는 박수를 받고, 그 자리는 더욱 화기애애해지는 분위기가 되기도 했다. 마치 가수가 된 것처럼 말이다.

전문 가수는 노래를 불러 수입을 창출한다. 노래방 가수는 자신이 그곳에 가서 돈을 내고 노래를 부르는 즐거움을 느끼는 향유층이다. 나 역시 문학을 향유하는 쪽에 속한다. 어쩌다 원고료라도 받으면 그 지폐는 별다른 것이 된다. 아주 소중한 그 무엇처럼.

그러면 어떠하랴! 이렇다 할 글 한 편 건지려고 책을 가까이하기도 하고 색다른 경험을 하기 위해 뛰어들기도 한다. 글의 특별한 제재가 되기를 바라는 마음에서다. 글 짓는 게 취미인 셈, 취미치고는 퍽 괜찮은 취미가 아닐까. 글을 엮어 낸다는 건 상처받은 마음을 치유하는 한 방법이기도 하니까.

하지만 상처받은 바로 직후의 글은 글이 아니다. 낙서일 수밖에 없다. 발효시킨 뒤에야 제대로 된 맛을 살릴 수 있으니 상처 난 마음의 산물이기도 하다.

인생에서 어찌 좋은 기억만 남기며 살 수 있으랴. 내일을 알 수 없는 일, 생각지 못한 풍랑이며 태풍을 맞기도 하고, 턱없이 억울한 일에 부딪히며 살기도 한다.

좋은 기억과 나쁜 기억이 모두 어우러져 전체를 아우르듯 그때 자아가 형성되는 것 그게 아닐까. 힘들고 어려운 일에 처했을 때 한 걸음 더 성장하고 삶에 깊이가 되고 세상을 바라보는 혜안도 더욱 깊어질 테니까.

불협화음이 빚은 글 한 포기

요즘 들어 하나둘 사람과 사람 사이에 불협화음이 일고 있다. 대화를 시도해도 그것조차 거부당할 때 알 수 없는 미궁 속에서 서성이는 내가 참 싫다. 두세 번 만나기를 요청해도 반응이 없다. 더 이상 관계를 원치 않는다는 결론이다. 단념하기로 한다.

이기심보다는 남을 먼저 배려한다는 생각으로 살아온 내게 석연찮은 일이다. 풀리지 않고 그대로 덮고 가야 한다는 것도 답답하고 싫다.

집을 나섰다. 걷다 보면 생각도 깊어지고 새로운 생각이 떠오르는 기쁨도 있다. 막연하게 목적 없이 나선 길, 자주 가던 인사동이지만 다른 때와는 달리 눈에 보이는 것 모두 흥미도 없고 불편하다. 우선 붐비는 거리를 벗어나야겠다는 생각이 든다.

종로에서 광장시장을 지나 청계천 물길을 따라 걷는다. 오가는 사람이 뜸한 그곳은 한가롭다. 오월, 무성한 나뭇잎도 기분 때문인지 좋아 보이지 않는다. 비릿한 물내음도 향을 다한 찔레꽃도 시무룩이 서 있다. 뽕나무 오디는 까맣게 익어 달콤한 향마저 땅 위에 떨구고 널브러져 있다. 물 위를 오가는 오리 한 쌍의 발밑 수고로 물결이 인다. 연신 물속에 고개를 넣었다 들어올리며 먹이를 찾고 있다.

청계천을 따라 두세 시간을 걸었는데 어디인지 알 수가 없다. 소나기가 퍼붓고 콩알 같은 우박이 얼굴을 때린다. 천둥 번개가 번득이고 빗물이 시야를 흐리게 한다. 도로에 들어서자 차들은 쏜살같이 내달렸다. 길옆 풀포기가 종아리를 스친다. 낯선 거리다. 도무지 어디인지 모르겠다. 공장 기계 소리가 요란하고 악취도 난다. 대형 트럭을 몰고 가던 한 남자가 괴성을 지르며 지나갔다. 무심히 걷다 보니 사람이 다니지 못하는 차도였다. 얼마를 더 걸었을까, 운무 속에 희미하게 보이는 산 능선이 익숙한 곳이다.

의식 없이 걷고 또 걸으며 혼자만의 시간에 젖었던 날, 어제 만난 사람도 내일 만날 사람도 변함이 없으리라. 불협화음을 잠시 접어 두기로 한다. 벼리고 씻고 정화되고, 시간이 지나면 옛이야기하며 웃을 수 있으리라는 긍정의 끝을 기다려 보리라.

며칠이 무심하게 지나갔다. 도서관으로 향했다. 책 속에 묻혀 있는 시간만큼은 평온하다. 그곳에는 온 세상의 숨소리가 들리는 듯하다. 경험하지 못한 것들과 간접 경험에서 얻어지는 보배로운 가치를 누릴 수 있다. 힘이 되기도 하고 때로는 위로가 되기도 한다.

보려고 했던 책은 대여 중이란다. 다른 도서를 찾으려니 수없이 많은 책 중에 선택이 어렵다. 한참 후에야 책 한 권에 눈길이 머문다. 제목이 궁금증을 갖게 한다. 《거리에 핀 시 한 편 글 한 포기》, 노숙인들의 이야기다.

실업자로 가족을 잃고, 빚보증으로 믿었던 사람에게 배신당하고, 절박한 사연을 안고 지극히 기본적인 삶도 꾸릴 수가 없어 그 속에서 밀려나 몸뚱어리 하나 누일 곳 없는 사람들, 따뜻한 밥 한 그릇조차 어림없는 현실이다. 희망의 씨앗을 찾기에는 너무도 척박한 상황에 놓여 있다. 수치스러움이나 체면 같은 건 무뎌질 대로 무뎌져 의식이 없다. 오랜 시간이 지나 고립되고 무의미한 생활 습관이 그대로 굳어져 버렸다. '가랑비에 옷 젖는 줄 모른다'는 말처럼 그 생활이 스며들어 영혼 없는 존재가 되어 모든 것이 무감각해져 버렸다.

이들에게 도움을 주는 기관이 있었다. 그런 사람들을 찾아가 따뜻한 커피잔을 손에 들려주고 빵도 주며 대화를 시도해 잠자는 의식을 깨우려 힘썼다. 그 일은 험하고도 험한 높은 빙벽을 올라야 하는 거대한 산이기도 했다. 수없는 날을 오가며 그곳을 올라 그들의 마음을 움직이게 한 기관, '성프란시스대학 인문학 과정'에서 인문학을 공부하며 글쓰기 습작을 하고 그 험한 날들을 글로 풀어내며 치유한 사람들의 이야기다. 오랜 거리 생활로 이미 생을 다한 사람들의 글도 있다. 절벽의 끝에서 새로운 인생을 살아낸 위대한 인생의 재탄생이라고 말하고 싶다.

노숙자를 곱지 않은 시선으로 바라보던 적이 있는데, 얼마나 무지하고 부끄러운 일이던가. 세상의 뒤안길 절망의 늪에서 몇 번 죽음을 시도하고 그 죽음의 자유마저 저당 잡힌 채 살아야 했던 사람들! 그 늪에서 헤어날 생각조차 하지 못하던 사람들이 그 기관의 도움으로 새로운 삶을 살아가는 모습에 회오리가 일 듯 많은 생각들이 고개를 든다.

늘 갈등하고 선택하며 살아가는 게 인생이다. 누구라도 그 끝은 알 수 없는 것, 인생의 정답이라는 게 있기나 할까? 그저 답을 향해 가고 있을 뿐이다.

도서관 수많은 책 중에서 그 책을 만난 건 큰 의미가 있다. 어느 귀인을 만나 지극히 대접받은 이 기분, 오래 내 안에 머물게 하고 싶다.

만나고 헤어지는 건 자연스러운 것이다. 영원한 것은 없으니 봄이 되어 꽃이 피어도 그때 그 꽃이 아니듯, 다음 해에는 더 성숙하고 더 곱게 피어날 거라는 자연의 섭리 안에 나를 맡긴다.

정성이 맛이다

늦은 여름이다. 늘 다니던 산책길을 두고 다른 길로 접어들었다. 낯설지 않은 과수원 농장 주변이다. 농장과 산의 경계를 두른 철조망 주변에는 잡풀이 무성하다. 그 사이에 의기양양하게 줄기를 뻗어가고 있는 호박넝쿨, 넓적한 잎 사이로 얼룩무늬 애호박 하나가 눈길을 끈다. 연한 미색에 연두색 줄무늬, 누가 봐도 탐을 낼 것 같다. 앙증맞은 그 모습에 문득 아련한 추억 속에 젖어든다.

유년 시절, 비가 촉촉이 내리는 날이면 우리 집은 으레 칼국수를 먹는다. 그런 날 애호박은 칼국수의 풍미를 더해 준다. 어머니는 칼국수를 썰고 나면 마지막 끝을 조금 남겨 아궁이에 구워 주셨다. 바삭바삭하고 고소한 그 맛은 칼국수 먹는 날의 큰 즐거움이기도 했다. 그러나 어머니가 들에서 늦거나 몹시 바쁜 때는 내가 국수를 미는 날도 있었다.

아마도 중3쯤 되었을 주말이거나 공휴일 그런 날이었던가 보다. 밀가루와 콩가루를 5 : 1쯤으로 섞고 물을 넣은 다음 주물렀다. 이때 물량이 중요하다. 과하지도 모자람도 없어야 국수 맛을 제대로 낼 수 있다.

잘 섞인 반죽은 상체에 힘을 주면서 손목 힘으로 치대고 누르고를 반복한다. 울퉁불퉁한 반죽이 매끈해지도록 치대기를 한다. 많이 하면 할수록 면은 쫄깃하다.

그렇게 만든 반죽을 넓적하게 펴 도마 위에 올려놓고 홍두깨에 말아질 정도의 두께가 되면 국수 암반으로 옮긴다. 암반은 국수를 넓게 밀기 위한 큰 도마로 홍두깨 길이와 같다. 이제 본격적으로 홍두깨로 밀기를 한다.

가슴까지 오는 홍두깨 길이를 반죽 한쪽 끝에서부터 말아 가며 붙지 않게 밀가루를 뿌린다. 손바닥으로 눌러 당겨 주듯 한 손은 홍두깨에 반죽을 말아 준다. 끝부분까지 다 말리면 '쓱쓱 싹싹 밀고 당기고 꾹꾹' 반죽이 말린 홍두깨 가운데에서 손이 좌우로 왔다 갔다 유연하게 손놀림한다. 그럴 때마다 반죽 모양은 점점 커지면서 얇아진다. 말았던 면을 홍두깨에서 풀면서 두꺼운 부분은 고르게 펴주며 반복한 국수 반죽이 얇은 종이처럼 되었을 때 손끝의 감각으로 더 두꺼운 곳은 늘려서 고르게 되도록 한다.

원하는 두께가 되면 가지런히 접어 도마 위에 놓는다. 얇을수록 국수는 부드러워지지만 더 욕심내다가 찢어지면 지금까지의 정성은 바닥으로 추락해 버리고 숟가락으로 떠먹는 국수가 될 수도 있다.

이제 마지막, 그야말로 손칼국수가 되기 직전이다. 칼질을 할 때는 절대 손끝이 나오면 안 된다. 안전하게 손가락을 오므려서 살짝 주먹을 쥔 듯 반죽에 지긋이 대고 칼이 연신 오르내리는 방향은 밀어서 접어 놓은 반죽을 따라간다. 가지런하게 썰어 놓은 칼국수, 사이사이에 국수가 붙지 않게 밀가루를 뿌린다.

이제 준비된 육수에 국수를 넣으면 된다. 콩가루가 들어가 끓어 넘치기 쉬우므로 뚜껑을 열어 놓은 상태로 끓여야 한다. 애호박은 채썰어 볶고 양념장에는 다진 청양고추도 빠지지 않는다. 마지막으로 들기름을 한두 방울 넣으면 그리운 고향의 칼국수 맛이다.

이제 그 맛을 찾을 수 없다는 게 참 아쉽다. 그래서 추억을 더듬어 가끔 해 보기도 하지만 녹록지 않다. 손끝의 정성으로 낸 맛! 어떤 음식이든 정성이 깃든 손맛은 어느 것에 비교해도 뒤지지 않는다.

밀가루 반죽으로 수없이 손놀림을 해가며 하나의 음식을 완성하듯 마음의 울퉁불퉁한 부분을 고르게 펴서 부드러운 결이 되기까지의 그 인내와 끈기, 소통, 배려, 쉽지 않은 사람의 관계도 마찬가지다. 결 고운 사람들, 멀리에서 모처럼의 말 몇 마디에도 상대의 기분을 읽어 내고 오감으로 알아차리는 사이, 그야말로 긴 세월의 오고간 교류의 흔적이다.

서정순

서귀포의 봄
현타
내 생의 여유
당근 나라 공화국

sooni1128@hanmail.net

서귀포의 봄

　제주에 도착한 첫날, 서귀포 숲속 컨벤션센터에서 점심을 먹고 제주 역사와 문화 특강을 들었다. 동쪽으로 가도 서귀포, 서쪽으로 가도 서귀포에는 시(詩)로 봄을 열고 있었다. 그래서인지 시인은 인사말에서 숲속의 컨벤션은 우정의 컨벤션, 시인의 컨벤션이라며 우리의 만남을 강조했다. 서귀포문인협회와 JDC(제주국제자유도시개발센터) 초청으로 전국에서 온 문인 38명의 2박3일 일정은 이렇게 시작되었다.

　제주에 올 때마다 찾는 서귀포의 상징, 이중섭거리는 여전한데 미술관은 시설 확충으로 공사 중이라 아쉬웠다. 그의 가족이 일 년 남짓 세 들어 살았던 집에 들렀다. 따뜻한 봄 햇살이 1.4평 남짓한 방 벽에 걸린 시 〈소의 말〉 위에 머물러 있었다. 순간 그가 그린 황소, 붉은소, 흰소가 오버랩되었다. 생활고로 일본인 아내와 두 아이를 일본에 보내고 영양실조와 정신이상으로 적십자병원에서 무연고로 죽었다는 그에게 그 쪽 방을 밝히는 햇살이 위로가 되었기를…

　목이 떨어져도 시들지 않는다는 동백꽃의 자부심으로 서귀포를 빛낸 예술가의 혼을 만나고 기당미술관 가는 길에서 본 한라산은 제 키보다 더 커다란 구름 이불을 덮고 아직은 봄이 아니라고 아우성이지만, 미술관 뜰에는 이미 봄이었다. 물오른 가지에 만개한 매화 앞에서 한라산의 겨울과 나와 미술관의 봄을 한 컷에 담았다.

우리 일행은 저녁 시간에 올레매일시장에 갔다. 제주를, 서귀포를 뚜렷하게 보여 주는 건 많지 않았지만 겨우 찾은 횟집에서 맛있게 식사를 했다.

둘째 날, 아인스호텔의 조찬도 좋았다. 오름과 대정향교에 들러 금릉리 대장 해녀의 '바다가 살아야 해녀가 산다'는 이야기를 들었다. 그런데 금릉리 해변가를 거닐면서 백년초 선인장 열매를 따다가 봉변을 당했다. 장갑을 끼었는데도 눈에 보이지 않는 하얀 가시가 손가락 여기저기에 박혀 버렸다. 장갑을 벗어 던지고 백년초 열매도 버렸지만 계속 불편했다. 남의 것을 탐한 죄는 물티슈로 아무리 닦아 내도 습기가 마르면 마찬가지였다. 호텔에 돌아와 샤워를 하고 난 뒤 겨우 사면을 받았다.

그리고 근대 문명 기행으로 알뜨르비행장의 과거와 현재를 보았다. 제주 4·3사건 비극의 현장이었다. 내가 태어나기 전의 일이어서 모르고 있었다고 핑계 대기엔 민망하고 안타까운 일이었다. 지금은 갈등과 반목의 역사를 청산하고 화해와 상생의 정신으로 제주도는 2005년 1월 세계 평화의 섬으로 지정되었다고 한다. 서귀포 출신 문인 중 희생자의 유족이 있어 잠시 숙연했었다.

셋째 날은 '칠십리 詩공원'에서 펼쳐진 '제26회 詩로 봄을 여는 서귀포' 행사에 참석했다. 서귀포문인협회 회원들이 공들여 준비한 순서 중에 시 낭송이 있었다. 우리 일행 중 한 분도 조병화의 시 〈파도〉를 낭송했다. 잔잔한 바다가 가슴에 와닿는 것 같았다.

제주의 탄생과 생태계를 해설해 준 선생님의 열강을 듣고 서귀포층(西歸浦層)도 처음 보았다. 천지연폭포와 곶자왈, 특히 생소한 이름 생수궤는 샘물을 뜻하는 '생수'와 바위 동굴을 뜻하는 제주어 '궤'가 합성된 지명이다. 제주에서 가장 오래된 유적이며 국가문화재로 지정해 달라고 요청해 놓아 기대가 크다고 한다. 서귀포와 소중한 물의 만남 생수궤는 주변의 바위 그늘과 유적이 군집되어 있어 문화재적 활용 가치가 매우 높다는 것이다. 그리고 마지막 일정인 새연교는 옛 추억을 소환해 주는 장소여서 더없이 좋았다.

서울행 비행기 안에서 문득 "책이란 넓디넓은 시간의 바다를 지나가는 배다"라는 프랜시스 베이컨의 글귀가 떠올랐다.

"봄은 '시'요 시인이고 노래이며 오늘 하루 모두 음유시인이고 노래하는 가수"라던 정영자 서귀포문인협회 회장과 회원 여러분에게 감사드린다. 제주를 서귀포를 좀 더 알 수 있는 기회였기에 더 많은 관심으로 애정하기로 마음먹었다. 넓은 바다를 지나가는 배처럼 시간의 바다를 지나가는 책, 제주 이야기가 담긴 책을 자주 찾아보게 될 것 같다.

서귀포는 이미 봄이었다.

현타

아침 9시, 올림픽대로는 러시아워가 살짝 지난 듯하다. 옥수동의 유명한 이비인후과 예약은 10시 반. 병원은 주차장이 좁아 근처에 사는 동생 집에 차를 세우고 15분 정도 걸어가야 해서 서둘렀다.

나는 20년 전 오른쪽 귀에 돌발성 난청이라는 진단을 받았다. 그동안 불편했던 건 물론이고 소외감을 느낄 때가 많았다. 일 대 일이나 두세 명이 말하는 건 알아들을 수 있으나, 다섯 명이 넘으면 그들이 말하는 것을 다 이해하기가 어려웠다. 도통 입력이 안 되는 청력으로 의사소통에 어려움이 많았다. 제대로 듣지 못하니 즉답을 못하고 침묵할 수밖에. 또 강의를 들을 때는 맨 앞자리에 앉아도 마스크를 쓴 강사 말은 이해 불가였다.

매일 만나는 손녀들의 이야기도 빨리 반응을 못 하고 크게 말해 달라고 자주 부탁했다. 병원이나 은행 창구에서도 청력이 약하다고 말하고, 정형외과 의사는 모니터에 글씨를 크게 해서 보여 주는 걸 보면, 나만 청력이 약한 것은 아닌가 보다는 생각이 들기도 했다.

근래 들어 보청기 권유를 많이 받았다. 주변 사람들의 보기 딱하다는 듯한 표정도 느껴졌다. 텔레비전 볼륨을 점점 키우고, 주변 말소리는 알아듣기 어려워졌다 '스', '츠' 같은 발음이나 '달'이나 '발'처럼 비슷한 말은 구분이 안 되는 경우가 있었다. 전화기의 진동도 그랬다.

전문적으로 청력 검사를 했다. 검사지를 본 원장님은 '노인성 난청'이라고 했다. 오른쪽과 왼쪽 청력은 차이가 나지 않았다. 예전에 진단받은 돌발성 난청은 아니라고 했다. 노인성 난청은 본인보다 가족이나 주변 사람들이 먼저 발견하는 경우가 많고, 음을 담당하는 신경계 손상이 먼저 발생하기 때문에 주파수가 높은 소리를 잘 못 듣고 중얼거리는 것처럼 들린다는 것이다.

문제는 노인성 난청이 단지 상대방의 말을 듣지 못해 불편한 것뿐 아니라 주변으로부터 정서적 격리를 유발하여 소외감이 강한 노인일수록 '단절'의 상처가 커지고 우울증이 온 후 치매로 이어진다면서 의사는 불안감을 선물로 주었다.

생각해 보니 조금의 불편을 그럭저럭 넘기면 겉으로는 정상인처럼 보이던 나는 상대방의 말을 이해하지 못해 엉뚱한 말을 하거나 웃으며 넘긴 적도 많았다. 상대방도 나의 청력을 의심은 하나 묻지 못하고 그냥 넘어가는 경우가 많아졌다. 서로 눈치를 보지만, 눈치를 준다는 표시를 애써 감추는 일도 그랬다.

간호사가 안내하는 상담실로 갔다. 예전에 다른 곳에서 상담받은 적이 있고, 꼭 하겠다는 절박함도 없었다. 건성건성 들은 설명은 그때와 같았지만, 이번에는 달랐다. 일반적으로 70대가 되면 50% 이상이 난청을 앓고 있다는 말도 위로가 되지는 않았다. 성인병도 없고 비교적 건강한 편인 나는 유독 약해진 청력 상담을 했다.

먼저 직원에게 "병원 소속이에요, 보청기 회사에서 파견 나온 거예요?" 하고 물었더니, 병원 직원이라고 했지만 내 눈치로는 아니었다. 동생은 주기적으로 방문하여 보청기 관리를 받아야 하니 이곳을 적극적으로 권했지만, 나는 이미 지인이 소개한 다른 곳을 예약했고 다녀와서 결정하겠다고 말했다.

다음 날 교대 앞에 있는 보청기 청각재활센터에 갔다. 병원에서 청력 검사를 했다고 결과지를 보여 주었으나 다시 검사하고 원장과 상담한 결과 이제는 절실해졌다. 꼭 우울증에 치매로 연결되는 과정이 겁나는 건 아니었다. '현타'가 왔다. 고민하고 번뇌할 시간조차 허락하지 않았다.

보청기 회사는 여섯 군데가 있고, 보청기는 오픈형과 외이도형이 있었다. 이곳에서는 어제 병원 상담실에서 권한 회사 제품이 아닌 오픈형을 추천했다. 젊은 원장에게 본인의 엄마라면 어떤 걸 권하겠느냐고 물었다. 대답은 마찬가지였다. 보청기에도 등급이 있었다. 프레미엄, 최고급형 아래로 6등급이 있었다.

딸이 함께 가자고 했지만 나는 상담만 할 거라며 혼자 왔다. 딸에게 상담 결과를 전화로 알려 주니 좋은 것으로 하라면서 고맙게도 거금을 보내왔다. 주의 사항을 듣고 충전기와 보청기를 소중히 모셔 왔다. 귀에 걸어서 끼우는 것인데 처음이라 그런지 착용하기가 쉽지 않았다. 특이

하게도 귓구멍이 다른 사람보다 작은 나는 귀가 아플 정도로 끼는 연습을 했다.

다음 날 매뉴얼대로 보청기를 2시간 착용했다. 신기한 세상이 열렸다. 텔레비전 볼륨을 15에서 8로 낮췄는데도 잘 들렸다. 2일째는 오전, 오후 2시간씩, 3일째는 4시간으로 조금씩 늘려 가면서 적응 시간을 갖고, 귀가 피곤해지면 사용을 중지하고 휴식을 취했다.

4일째 날 다시 청각재활센터에 갔다. 내가 착용한 시간 데이터가 나왔다. 음폭을 처음보다 올리는 작업을 했다. 저녁에도 일찍 자야 할 정도로 피곤했다. 뇌에 전달되는 소리 때문에 그렇다고 한다. 머리도 아픈 듯했지만 매뉴얼대로 열심히 하고 있다.

10일 후에 또 보청기 회사에 가야 한다. 어제 당일치기 여행을 다녀와 몸살이 났다. 보청기 착용도 한몫하지 않았을까. 몸살약을 먹고 오늘은 푹 쉬기로 했다. 내가 처한 현실을 제대로 알게 해 준 현타는 일상에서 우려했던 소외감, 우울증에서 치매로 이어지는 위험으로부터 미리 예방해 주는 적절한 시기가 바로 지금이기를 간절히 바라본다.

내 생의 여유

세종문화회관 한글갤러리에서 'K-문자 민화 한글을 품다' 전시회가 열렸다. 홍대 예술교육원 민화창작반 예술창작그룹 '소소회'가 주관하고 '한국화인'이 기획한 전시회다.

2013년 《60, 내 생의 쉼표》 첫 수필집 출판기념회 때 지인들이 "70에도 책을 내야지" 하는 인사가 숙제처럼 남아 있었다. 생각과 동시에 행동으로 옮기는 나는 두 번째 수필집은 좀 다르게 내고 싶었다. 마지막 작품집일지도 모른다는 생각이 앞섰다. 10년 동안 나를 보여 줄 수 있는 청춘 스케치북 같은 2집을 만들고 싶었다.

주 4일 캘리그라피, 색연필화, 한지회화, 수묵화 강좌를 듣기 시작했다. 물론 준비물이 든 가방도 4개였다. 따로따로 가방을 준비한 것은 시간 절약 때문이다. 요일별 수업에 손쉽게 들고 가기 위함이었다.

2014년부터 손녀들을 돌봐주면서 시간을 내지 못하자 지인들의 원성이 자자했다. 그래도 요일별로 차 트렁크에 있는 가방을 꺼내 열심히 강좌를 들으러 다녔다. 손녀들이 하교하기 전에 돌아와야 하는 분주한 나날이었지만 재미있었다.

그 와중에 지인의 권유로 민화 가방을 하나 더 만들었다. 손보다 눈이 앞서가는 서툰 내 실력으로 소수 정예반에 들어갔다. 민화 선생님은 "처음에 나이 든 분이 잘할 수 있을지, 조금 하다가 그만두지 않을까" 하고 우려했는데, 잘 따라하며 행복해하는 모습에 안심했다고 한다. 정말 그랬다. 나는 붓을 들고 또 다른 나를 만나고 있었다.

코로나 후유증은 5인 이상 집합 금지 상황까지 이르렀다. 4개 강좌는 줄줄이 폐강되고 가방 4개는 작은 방에서 잠자고 있었지만, 민화는 상관없었다. 그렇게 2년이 지나 작품이 좀 모였지만 개인전은 어렵고, 어딘가 소속이 있어야 회원전이라도 참여할 수 있을 것 같았다. 그래서 홍대 예술교육원 민화창작반을 1년 수료하고 '소소회'에 들어가기로 마음먹었다.

그렇게 월요반 홍대 학생이 되었다. 15명 정원인 창작반은 오래전에 시작한 선배들이고 신입생은 2명이었다. 습작처럼 미리 작품을 해 본 나는 그럭저럭 수업 분위기를 따라갈 수 있었다. 그리고 환갑 때 스스로 마음먹은 숙제를 해냈다.

두 번째 수필집 제목은 《70, 내 생의 청춘》이다. 젊고 건강한 청춘으로 칠십을 맞이하고 싶었다. '내 생의 청춘은 바로 지금'이라고 우기며 준비한 캘리그라피, 색연필화, 한지회화와 민화 수십 점을 파일로 출판사에 보내고 인화하여 앨범에 보관했다. 그리고 2022년 10월 29일 호텔 국도에서 출판기념회 겸 작품전시회를 했다. 남들은 회갑, 칠순을 그냥 넘기기도 하지만, 나는 혼자살이에 대한 보상으로 생각했다. 모두의 박수를 받았다. 그때 또 나는 스스로에게 팔순에 해야 할 세 번째 숙제를 주었다.

홍대 민화창작반을 수료하고 '소소회' 회원이 되어 13회 '소소전'에 참여했다. 주제는 '커피'. 내 작품 제목은 'the 향'이었다. 청색 원피스를 입고 흰 모자를 쓴 여자가 캐리어 옆에서 커피를 마시고, 나비들이 그 커피향에 취한 듯 날아드는 그림이다. 내 자화상 같은 그림 바탕은 좋아하는 연두색이다.

두 번째 참여한 '소소전' 주제는 '숲. 캠핑'이었다. 경인미술관에 걸린 내 작품은 연지(蓮池)에 물총새가 날아들고, 크고 작은 연잎 사이에 연꽃은 보살의 미소처럼 환하다. 꽃봉오리가 막 입을 열려고 하는 연못에서 엄마 오리와 아가 오리가 노닐고 있다. 그 옆에서 캠핑하고 싶어 제목은 '연(蓮)못 퐁당'으로 정했다.

그리고 이번 'K-문자 민화 한글을 품다' 전시회에 참여했다. 순수 창작품으로 전시회를 준비하면서 한글을 민화와 접목하여 한글의 우수성과 아름다움을 널리 알리는 기회가 될 것이라는 믿음이 생겼다. 참여 작품은 '여유'. 《60, 내 생의 쉼표》 그리고 《70, 내 생의 청춘》 수필집 표지를 좌우에 그려 넣고 목이 긴 화병에 보라와 노란 꽃을 꽂았다. 붓통에는 크고 작은 붓과 만년필, 화선지가 있다. 글도 쓰고 그림도 그린다는 작가의 고백이다. 작품 '여유'는 세 번째 수필집 제목이 될 《80, 내 생의 여유》에서 따왔다.

지금 몸도 마음도 여유롭다. 곧 있을 세 번째 '소소전'에 참여할 작품이 마무리되고, 또 6월에 있을 느티나무문우회 20주년 기념 문집 작품도 준비 중이다. 아직 진짜 숙제가 남아 있어도 팔순을 기다리는 여유는 호사롭다. 7년이나 남았지만 벌써 팔순 기념 출판기념회가 기다려진다.

당근 나라 공화국

한가한 시간. 핸드폰 바탕화면에 있는 '당근'에 들어간다. 알림 메시지가 온 것도 아닌데 궁금하다. 모임, 음식점 소개, 운동, 취미/클래스 등 모든 것을 해결할 수 있는 당근은 사용자가 거주하는 지역 내에서만 거래가 가능하도록 설계된 중고 거래 플랫폼이다. 가끔 먼 지역 물건이 올라오기도 한다.

몇 달 전 지인의 소개로 알게 되었다. 새로운 세계에 입문한 것처럼 신기했다. 인사동에서 조끼 원피스를 하나 샀는데 마땅한 블라우스가 필요했다. 혹시나 하고 들어가 봐도 역시나 디자인과 사이즈가 안 맞았다. 구매는 포기하고 눈팅만 하는데 베이지색 245mm 납작구두가 눈에 들어왔다. 신발장에 이미 신발이 넘쳐나는데도 굳이 베이지색은 없다는 핑계를 만들어 약속한 장소로 갔다. 보기에 말짱했다. 가격도 착한 5,000원. 얼른 가지고 와서 꼼꼼히 닦아 신고 나갔다 돌아왔다. 그런데 다음 날 아침 깜짝 놀랐다. 멀쩡하던 신발 뒤축이 다 까져 있었다. 돈도 아까웠지만 왠지 속은 기분이었다. 처음 거래한 당근에 이만저만 실망이 아니었다.

그래도 궁금했다. 며칠 후 하나 있었으면 좋겠다고 생각하던 작은 전기냄비가 눈에 들어와 구매했다. 이번에는 마음에 들었다. 가성비가 좋았다. 나눔도 많았다. 우연히 상암동에서 당근에 들어가 보니 근처 덕은동에서 의자 나눔을 한다고 했다. 마침 집에 가는 길목이고, 꼭 필요한 의자여서 간다고 했다. 건물 아래 내려놓는 문고리 거래라 대면하지 않고 고맙다는 인사만으로도 충분한 거래였다.

며칠 전, 허준공원 나무 그네를 타다 당근에 들어갔다. 뚜껑 달린 노란 통 6개 사진이 올라와 있어 자세히 보니 새것이었다. 크기가 물감통으로 쓰면 좋을 듯해 주소를 보았다. 세상에나, 공원 바로 옆 동 아파트가 아닌가. 경비실에 맡겨 놓은 통을 가져오면서 고맙다는 채팅을 하다가 전화번호를 주고받았다.

막연하게 물감통으로 쓰겠다고 했던 내 말이 궁금했던 모양이다. 전화번호 입력이 끝나자 서로 프로필이 드러났다. 그녀가 그랬다. '혹시 서정순 씨가 아닐지' 하는 생각이 들었다고. 그리고 《70, 내 생의 청춘》 표지를 찍어서 보냈다. 너무 놀랐다. 어떻게 책을 구해서 읽었는지 묻자, 성당에서 받아 지금도 가지고 있고, 친한 자매님 남편이 돌아가셨을 때 그 책을 주었더니 하룻밤에 다 읽고 위로가 되었다고 했단다. 얼마나 감사하던지….

이 책은 칠순 기념으로 출판한 두 번째 수필집이다. 성당에 기증한 책을 봉사자들에게 나눠 드렸다고만 들었다. 그녀는 다행히 책을 좋아하는 봉사자 중 한 분이었다. 세상에 이런 일이, 기증한 수필집으로 2년이 지나 이런 인사를 듣다니! 그 통은 민화 수업 동기들에게 하나씩 나눠 주었다. 물론 당근에서 만난 인연 이야기도 했다.

어느 날 시골에서 갓 딴 오이로 담갔다는 오이지가 12개에 1만 원으로 올라왔다. 팩에 든 오이지 크기가 일정하지 않아 시골에서 담근 듯 맛나 보였다. 얼른 구매 신청을 하고 방화동으로 갔다. 가지고 오는 길에 알림이 떴다. "무허가·위해식품 거래로 판매자의 게시글이 제재되었어요. 거래 시 주의하세요." 거래 후에는 꼭 거래를 잘했는지 묻는 글이 뜨더니 제대로 관리를 하는 모양이다. 약속을 하면 거래 예약 안내도 하고 나름 믿을 수 있는 거래 사이트 같다.

혼자 놀기 좋은 친구 스마트폰. 유튜브, 게임, 당근 등 여기저기를 기웃거리다 잔다. 잠을 깨어서도 스마트폰으로 뉴스를 보고 여러 거래 사이트를 기웃거리다가 일어난다. 요즘은 추석을 겨냥한 듯 한복을 많이 판다. 물론 내게 맞는 건 없다. 나는 한복 가장자리에 있는 자수를 눈여겨볼 뿐이다. 내가 만드는 브로치에 필요한 자수가 있으면 조금 비싸도 사련만, 보이지 않는다.

추석 연휴가 시작되면서 선물 거래가 폭발적이다. '추석 선물 세트'가 인기 검색어로 올라온다. 어떤 사람은 받는 족족 선물을 되팔아, 이른바 '당근 거지'라는 신조어가 생겼다. 대부분 "선물로 받았지만 필요 없어서" "취향이 아니어서 싸게 올린다"는 판매 이유가 달려 있다. '선물 되팔이'가 심하다 보니 갑론을박이 벌어진다. "필요 없는 선물은 필요한 사람에게 넘어가는 게 낫다고 생각한다." "주는 사람의 성의가 있지, 어떻게 그걸 돈 받고 팔 수 있냐"는 것이다. 그러나 당근은 이 모든 것을 다 포용한 거래가 성립된다.

좁은 우리 집에 옷이 넘쳐난다. 정리를 한다한다 하면서도 못하고 있다. 누구 주기도 그렇고, 그냥 버리기 아까운 옷들이다. 당근에서 리클(Recl)를 알게 되었다. 헌 옷 수거를 도와 주는 업체다. kg당 600원 정도 준다고 했다. 신청만 하고 엄두도 못 내고 있는데 연락이 왔다. "정리가 되었으면 내일 모레 수거할 생각이에요. 비대면이라 집 밖에 두면 가져가서 무게 재고 입금해 드립니다." 물론 정리는 아직도 하지 못했다. 추석 연휴를 지나고 과감하게 비우려고 했으나 못하고 있다.

당근을 알려 준 지인이 아직도 말짱한 옷이니 당근에 올려 팔라고 하지만, 한 번도 팔 생각을 해 보지 않았다. 올리고 응대하고 거래하는 것이 귀찮아서다. 그러던 중 당근에서 본 '리클'은 전체를 수거 형식으로 가져간다고 해서 거래가 성립되었다. 곧바로 "외부 경로(계좌 직거래 등)로 금전 거래가 발생하면 문제가 생겼을 때 도움을 드리기 어려우니 유의하세요"라는 문자가 왔다. 어차피 버려야 하는 수고를 덜어주는데 돈은 주면 고맙지만 안 받아도 상관없다. 정리한 옷을 수거해 가는 것만으로 고마운 일 아닌가.

이 사이트는 채용과 구직은 물론 판매와 구매, 나눔, 원하는 것은 모두 접근할 수 있으니 당근 나라 공화국이라 해도 과언이 아니다.

서장원

시간 여행
서울뜨기
김장하던 날
나는 트로트가 좋다

---

sulsong46@hanmail.net

시간 여행

우리 몸은 결코 과거로 되돌아갈 수 없다. 광속(光速)을 돌파하는 속도로 내달리면 과거로 거슬러 갈 수도 있다는 과학이론이 있긴 해도 아직은 이론일 뿐이다. 그러나 선조들이 이루어 놓은 유형무형의 역사적 유물(遺物)과 유적(遺蹟)을 통해 우리는 과거를 되짚어 올라가 볼 수 있다. 오랜 인류의 족적(足跡)을 더듬어 보는 것을 '과거로의 시간 여행'이라 이름 붙일 수 있지 않을까. 인류의 조상이 남긴 흔적을 통해 긴 역사의 물줄기를 거슬러 가 봤다. 100여 년에서부터 수천 년의 시간이 한순간 내 앞에 펼쳐지는 현실에 전율하지 않을 수 없었다.

서울시립미술관에서 '근대 조각의 아버지'라는 칭송을 듣는 오귀스트 로댕(1840년생)을 만났다. 그의 명작 〈생각하는 사람〉 앞에서 걸음을 멈추었다. 조각상의 심각한 표정을 보면서 잠시 생각에 빠졌다.

'이 사람은 과연 그 긴 시간 동안 무슨 생각을 하고 있었을까?'

로댕 이전에는 유럽에서 조각은 한낱 건축물의 부속품 정도로 여겨져 조각 고유의 예술적 가치를 찾기가 어려운 시대였다고 한다. 그런 조각의 위치를 순수 창작미술 분야로 이끌어 낸 로댕은 '천재 조각가'라는 명성을 얻었다. 그는 영혼과 육체가 결합된 역동적 작품으로 조각의 새로운 역사를 썼다는 평가를 받고 있다. 그의 대표작 중 하나인 〈신의 손〉은 그에게 '신의 손을 지닌 인간'이란 찬사까지 더해 줬다. 그의 손길이 닿으면 아무 의미 없던 흙이 풍부한 표정을 띠고 투박한 돌덩어리도 생명력이 넘쳐났다. 마치 조물주가 흙으로 인간을 빚어 생명을 불어넣은 것처럼 일상에 지친 우리에게 새로운 삶의 기운을 일깨웠다. 감히 신의 경지를 넘어섰다는 평가를 받기에 더 이상 그의 예술성을 논할 여지는 없을지도 모르겠다. 전시장을 나서는 느낌은 100여 년 시간이 전혀 녹슬지 않았다는 생동감에 취한 기분이었다.

십여 년 전에 다녀온 캄보디아 앙코르 와트 유적지에서 다시금 아득한 세월의 흔적을 목격했다. 800여 년 전에 지은 석축 사원은 500년 이상 사람의 손길이 닿지 않았던 탓인지 세월의 때가 고스란히 엉겨붙어 건물 전체가 온통 새까맣게 퇴락했다. 곳곳이 무너졌고 어느 곳에는 열대림답게 거대한 나무 둥치가 건물 위에 올라타고 있거나 휘감고 있다. 10여 명이 두 팔로 감아 안아도 다 못할 만큼의 거목이다. 그 큰 나무가 석축을 움켜잡고 있는 모습을 목격하면서 엄청난 세월의 무게에 압도당하지 않을 수 없었다. 가히 충격적이었다.

회랑의 벽면 부조(浮彫)에는 당시 사회상과 왕궁의 생활상, 종교의식, 외적과의 전투 장면까지 세세한 조각들이 새겨져 있다. 그 장엄한 건축물을 둘러보면서 돌 하나하나에는 백성들의 피와 땀과 원성이 스며 있는 듯 보였다. 사원을 나서는데 석공의 돌 쪼는 소리에 섞여 아낙의 나지막한 울부짖음이 800년을 이어 내려와 이국의 나그네 귓전을 파고 드는 것만 같았다.

국립중앙박물관은 영국박물관(The British Museum)이 소장하고 있는 그리스 조각품을 빌려 '세계 문명전, 그리스의 신과 인간'을 전시했다. 신들의 제왕 제우스, 인간으로 태어났으나 시련을 극복하고 신이 된 헤라클레스 등 고대 그리스인이 상상했던 신들을 만났다. 신화에 등장하는 '불멸의 존재'들을 인간의 모습과 감정을 지닌 형상으로 보여 줬다. 그리스인들은 남성의 건장한 신체가 젊음의 미덕을 나타낸다고 생각했으며, 균형과 리듬, 비례를 중시했다. 일반적으로 남성은 맨몸 표현이 많지만 여성은 옷을 입은 모습이다.

아름다운 몸의 극치를 보여 주는 나체가 눈에 많이 띄었다. 대리석 나신(裸身)들은 완벽한 육체미에 앞서 돌의 질감부터 시선을 사로잡았다. 숨을 쉬고 있는 듯한 얼굴 표정과 근육의 세밀한 묘사가 생생했다. 억센 팔과 다리의 근육질과 생활에 지친 표정들이 사실적이다. 또한 얼굴을 붉힐 만큼 노골적인 성행위를 담은 조각상이나 동성애를 묘사한 작품도 더러 보였다. 당시 풍속을 상상해 보면 2천여 년을 뛰어넘어 오늘날의 세태를 그대로 재현해 놓은 듯했다.

100여 년의 과거로부터 900년을 거슬러 오른 다음 한참을 건너뛰어 2,500년 전의 고대로 올라가 봤다. 신화의 시대로 일컬어지는 그 시간 속에는 정녕 놀라운 역사의 맥박이 꿈틀대고 있었다. 안개 속 신화가 아니라 생생한 인간의 발자국이 있고 온기가 느껴지는 체취가 물씬 풍겼다.

2,500년, 이 까마득한 시간 앞에서 인간은 한낱 티끌 같은 존재라는 것을 실감하면서 겸허해지지 않을 수 없었다. 시간은 쏜살같이 간다고도 하고 세월은 유수와 같다는 말도 있다. 그러나 이들 그리스 조각상에게서는 '쏜살'도 '유수'도 아예 흔적조차 찾을 수가 없다. 시간이라는 절대자 앞에 우리는 100년을 버티기도 어려운데 지금 내 앞에는 수천 년을 견뎌 온 역사가 온전히 그 자태를 보여 주고 있다.

2,500년 전이면 한반도에는 고조선이 삶을 꾸리던 시대 아닌가. 이 땅 위에 과연 어떤 족적이라도 남아 있을까. 그들에게는 유형의 유물이 아득한 시간을 말해 주지만, 우리에게는 무형의 전설이 가슴에 새겨져 있을 뿐이다. 저걸 만든 사람은 누구를 위하여, 무엇 때문에 혼신(渾身)의 땀을 흘렸을까. 아니, 2,500년 뒤에 누군가가 자기 작품 앞에서 가슴 떨려 하리란 걸 상상이나 했을까. 그 세월의 무게 앞에서 잠깐 정신이 아찔했다.

우리 생각은 한순간에 천 리를 오가기도 하고, 천 년을 거슬러 올라갈 수도 있다. 그러나 나는 상상이 아니라 눈앞에 펼쳐지고 있는 현실에서 수천 년 과거로의 여행을 한 것이다. 그 유구한 인류의 족적이 이어져 내린 유적 앞에서 온몸으로 떨림을 느꼈다. 유적 하나하나에는 선인들의 숨결이 녹아 있고 예인(藝人)의 혼이 깃들어 있다. 면면히 이어 온 역사의 맥락 속에 지금의 문명이 있고 그 바탕 위에서 인류는 보다 슬기로운 삶을 누리고 있다. 분명 과거는 오늘에 살아 있을 뿐더러 미래를 밝혀 주는 길잡이이기도 하다.

서울뜨기

서울에 터를 잡은 지 사십칠 년째다. 사람 사는 게 다 우연의 연속이라지만 내가 서울로 올라오게 된 것도 온전히 우연이다. 이삼십 대 젊은 시절, 서울은 내 삶의 영역에서는 한참 벗어나 있었다. 충북 괴산 산골에서 삼 년째 근무하면서 우물 안 개구리를 면치 못하는 생활 반경에 만족하고 있었다고나 할까.

점차 지루해할 즈음, 청주로 나가볼까 하는 궁리를 하며 지낼 무렵이었다. 1978년 9월 어느 토요일, 뜻밖에도 농협중앙회 새마을지도부로 발령이 났다. 나의 뜻과는 전혀 무관한 발령이라서 한순간 어리둥절한 채 멍한 기분에 빠졌다. 촌뜨기가 하루아침에 전혀 새로운 낯선 환경에 던져진 셈이었다.

월요일, 상사에게 양해를 구하고 서울로 향했다. 발령 받은 부서에는 마침 대학 선배가 근무하고 있었다. 그 선배에게 다가가서 귀엣말로 물었다.

"권 선배님, 여기로 발령이 났는데 어떻게 된 것이에요?"

그러나 그 선배도 전후 사정을 전혀 모르고 있었다.

얼마 뒤 서울로 올라오게 된 연유를 알게 되었다. 같은 부서에 근무하는 차장이 괴산 출신이었다. 차장의 부친은 내가 근무하던 군 소재지 농협 조합장이었다. 내 아버지보다도 훨씬 윗 연배인 그분과는 업무상 거의 매일 얼굴을 마주할 만큼 가까웠다. 큰 자제가 중앙회에 근무한다는 사실도 알게 되었다. 그러나 나는 그를 한 번 본 적도 없고 고등학교 대 선배라는 사실도 나중에 알았다.

그 조합장은 이따금 집에 다니러 오는 아들에게 넌지시 내 얘기를 흘렸던 모양이다.

"얘, 그 군조합에 지도참사 일 보고 있는 젊은 친구 있잖아. 기회 봐서 서울로 좀 끌어 줘라."

그런 말이 빌미가 돼서 상사는 마침 부서 내에 빈자리가 나자 선뜻 나를 추천한 모양이었다. 당사자 의사를 묻기는커녕 전혀 알지도 못하는 상황에서 서울로 발령이 난 터였다.

하루아침에 시골 살림을 접고 서울로 올라왔다. 버스 차창 너머로 몇 번인가 스치듯 했던 낯선 서울, 그 서울에서 단칸방 셋집을 얻었다. 넉넉지 못한 형편에 자리가 잡힐 만하면 이삿짐을 쌌다 풀었다 하면서 점차 서울 생활에 익숙해졌다. 딸 둘을 데리고 올라와서 이듬해는 아들도 낳았다. 아내는 월급쟁이 봉급에 쪼들리면서도 세 아이와 함께 억척으로 살림을 꾸렸다. 나와는 무관한 듯 세월은 흐르고 가족들은 발이라도 맞추듯 녹록지 않은 대도시 생활에 적응해 갔다.

시골 생활 삼십삼 년에 서울 생활 사십칠 년이 더해져 내 나이 올해 여든을 눈앞에 두게 됐다. 그간 온 가족이 전주로 내려가 한 삼 년 살다 올라온 적은 있어도 나머지 시간은 온전히 서울을 떠난 적이 없다. 다만 직장 관계로 나만 고향 충북과 서울을 두 차례 오르내렸다. 그것도 나에겐 더없이 소중한 삶의 편린(片鱗)으로 오래토록 간직하고 싶은 추억이 되었다.

오로지 농민과 농업과 농촌을 생각하며 지낸 삼십 년 농협 생활을 별 탈 없이 마쳤다. 그 세월을 돌이켜보면 가슴에 맺히는 아픔도, 큰 자랑거리도 별반 없는 지극히 평범한 생활이었다. 그래도 셋방살이 설움을 새기며 산 지 십오 년 만에 내 집을 마련한 것이 가장 행복했던 것 같다. 직장이 내 삶의 기반이 되고 내 가정을 건사했다. 새삼 서울 생활을 시작할 즈음을 뒤돌아보면서 나를 이끌었던 선배를 떠올렸다. 아내와 함께 내외분을 정중하게 초대하는 자리를 마련했다.

"선배님은 기억하시는지 모르겠지만 제가 옛날에 선배님이 끌어 주셔서 서울에 올라왔잖아요. 기억나세요?"

"그랬나? 그래 생각나. 그때 시골에 내려가면 아버님께서 자네 얘기를 하곤 하셨지. 젊은 사람을 촌에서 썩게 할 수는 없지 않냐고 하시면서 말이야."

"그 당시 저는 서울은 생각도 못하고 있었는데 선배님 덕분에 서울 사람 다 됐습니다. 이 사람도 항상 고마워하고 있어요."

"나야 뭐 잊고 있었는데 그렇게 생각하다니 반갑구먼."

선배는 새삼스레 흐뭇해하는 기색이었다. 우리는 삼십여 년 전 고향 이야기며 직장 이야기로 꽃을 피웠다. 이야기 끝에 아들 이름에 얽힌 사연을 꺼냈다. 아들을 낳고 나서 이름을 지을 때의 일이었다. 집안 돌림자가 동녘 동(東)자라서 '동현'을 떠올렸는데, 마침 그 선배 이름과 같아서 망설이지 않을 수 없었다. 이리저리 재다가 '동훈'으로 호적에 올렸다. 선배는 그랬었느냐며 박장대소했다.

그 아들이 장성해서 장가를 가고 이제 두 아이 아빠가 되었다. 그만큼 세월이 흘렀고, 그동안 서울도 수도로서의 면모와 국제도시에 걸맞게 엄청 변했다. 상경한 지 사십칠 년, 그 세월 동안 서울의 변화도 필설(筆舌)로 다 하기 어렵지만 나와 내 가정도 많은 변화가 있었다. 겨우 아장아장 걷거나 서울에서 갓 태어난 아이들이 모두 일가를 이루었고, 내 슬하에는 손주가 여섯이나 생겼으니 이보다 더 큰 변화가 어디 있으랴.

나의 일상생활은 서울이라는 울타리 안에서 인연의 나래를 펴고 접는다. 이제 나에게 서울은 제2의 고향이자 보금자리다. 어찌 됐던지 남은 생에서 결코 서울을 떠나지는 않을 작정이다. 그만큼 서울 생활에 적응한 때문인지 이제 나도 서울내기가 다 된 모양이다. 내 생의 전반이 시골뜨기였다면 후반은 서울뜨기로 마감할 것이다. 그렇다고 고향에 대한 아련한 향수마저 떨쳐 버릴 수는 없다. 수구초심(首丘初心)이라 했거늘 어찌 고향을 잊을 것인가.

김장하던 날

　올해는 직접 농사 지은 배추와 무로 김장을 했다. 가까이 사는 친구가 소일거리 삼아 부쳐 보라고 내준 열댓 평 남짓한 땅에 배추 모종을 심고 무 씨앗도 뿌렸다. 구색(具色)으로 쪽파와 대파 그리고 갓도 조금씩 가꾸었다. 하늘이 도운 덕분에 농사가 제법 실했다. 누가 뭐래도 김장은 긴 겨울에 더없이 요긴한 먹거리다.

　김장하기 열흘 전쯤, 아내는 몸살에 장염까지 겹쳐서 숟가락조차 제대로 들지 못할 만큼 앓았다. 몸은 웬만해졌지만 김장은 엄두도 낼 수 없었다. 그런 와중에 기온이 영하 3,4도까지 떨어진다는 일기예보를 들으니 배추 수확을 더 이상 미뤄서는 안 될 것 같았다. 배추보다 추위에 더 약한 무는 며칠 앞서 이미 뽑아다 둔 터였다. 그렇게 뽑아다 놓고서도 아내의 몸이 성치 않아 차일피일하는 사이에 일주일이 그냥 지나 버렸다. 배추가 상할까 봐 자꾸 신경이 쓰였다. 아내는 더는 미룰 수 없다고 생각했는지 편치 않은 몸으로 용기를 냈다. 겨우 추스른 몸인데 도지지나 않을까 싶어 신경이 쓰였다.

전날 저녁에 배추를 절였다. 포기가 큰 놈은 반으로 갈라서 건네면 아내는 소금물에 적셔 낸 다음 배춧잎 사이사이에 소금을 살짝 뿌려 욕조에 차곡차곡 쌓았다. 이튿날 아침, 아내는 서둘러 절인 배추를 씻었다. 그 싱싱하던 배춧잎이 하룻밤 새 서리 맞은 호박넝쿨처럼 풀이 죽었다. 굽혀야 할 때는 굽힐 줄 아는 게 삶의 지혜가 아닐까. 뻣뻣하게 결기(決起)를 세워야만 뜻을 관철하는 것도 아니고 고개를 숙인다고 해서 낙오자가 되는 건 더더욱 아닐 것이다. 배추도 숨이 죽어야 김치로 완성된다는 것을 알기라도 한 듯 얌전하게 차례를 기다리고 있었다.

배추 물기가 빠지기를 기다리는 동안 배추 속에 넣을 양념을 준비했다. 나는 팔을 걷어붙이고 무채를 썰었다. 썰었다기보다 채 써는 틀에다 대고 무를 밀었다. 처녀의 미끈한 장딴지 같은 무가 사각사각 상큼한 소리를 내며 칼날을 빠져나가 작은 둔덕을 만들며 하얀 눈처럼 쌓였다.

아내는 무채 더미에 분당 사돈댁에서 보내 온 다진 생강을 한 움큼 넣고 전날 찧어 놓은 마늘도 섞었다. 연이어 생새우와 새우젓을 넣고 멸치 액젓을 부었다. 거기에 다시 토막 낸 생선 조각을 걸 집어넣었다.

"아니 여보, 그게 뭐야? 웬 생선을 다 넣는 거야?"

김장에 무슨 생선을 집어넣는가 싶어 엉겁결에 물었다. 아내는 나를 슬쩍 쳐다보며 '황석어젓'인데 그런 걸 넣어야 김치 맛이 산다는 것이다. 이어서 장모님이 보내 온 고춧가루를 무더기로 쏟아부었다. 그런 엄청난 양념이 들어가는 걸 보면서 맛이야 어떻든 너무 맵고 짜지 않을까 하는 노파심에 안절부절못했다.

양념이 추가될 때마다 고무장갑을 낀 손으로 연신 버무렸다. 마지막 단계에 가서는 알맞게 자른 갓과 미나리를 수북하게 집어넣고 또 무슨 죽 같은 걸 부었다. 아내는 궁금해하는 내 표정을 흘깃 보더니 어떤 김치든 제대로 발효가 되게 하려면 찹쌀풀을 넣어야 한다는 말을 덧붙였다. 온갖 재료가 더해질수록 양념 양이 부풀어 오르더니 커다란 양푼에 그득 찼다. 골고루 섞이도록 수십 번을 뒤집고 버무리다 보니 여간 힘이 부치는 게 아니었다. "이제 됐다"는 아내의 말이 떨어지고서야 버무리기를 멈췄다.

우리네 고유 음식을 몇 가지 꼽을 수 있겠지만, 그중에서 김치가 제일이 아닐까. 대대로 내려온 김치에는 갖은 재료만 들어가는 게 아니라 땀과 눈물은 물론이고 한숨과 웃음까지도 골고루 버무려 넣어야 하기 때문이다. 배추와 무에는 이미 팔월의 땀이 배어 있을 테지만, 이따금 생활 속에 젖어 드는 눈물도 한 숟갈 들어가고 가끔 한숨도 살짝 쳐야 감칠맛이 나지 않겠는가. 그것만으로는 뭔가 좀 부족하고 행복한 미소도 한 움큼 집어넣어야 제대로 된 맛을 낼 수 있을 것이다.

불현듯 김장을 담근다는 것은 세상살이와 별반 다르지 않다는 생각이 들었다. 어느 사회든 각자 맡은 역할을 충실히 해낼 때 제대로 돌아가듯이 말이다. 배추와 무라는 역할을 맡은 주인공은 물론이고 소금과 같이 부패를 막으면서 간도 맞춤하게 내주는 사람, 고춧가루나 생강 또는 마늘이 되어 조직에 생기와 활력을 넣어 줄 사람, 또 찹쌀풀처럼 발효제로서 풍미를 더해 주는 그런 존재도 필요하다. 잘 익은 김치같이 웃음과 행복은 물론 눈물과 한숨까지도 골고루 섞어 버무려졌을 때 맛깔 나는 세상이 되지 않을까 싶다.

문득 떠오른 상념을 옆으로 밀쳐내고 본격적으로 양념 넣기를 시작했다. 마침 친정에 다니러 온 둘째 딸도 팔을 걷어붙이고 제 엄마를 도왔다. 절인 배추를 펴놓고 한 겹씩 들추면서 양념을 넣는다. 순간 노란 잎에 붉은 물이 들면서 화사한 꽃으로 피어난다. 붉은 양념을 뒤집어쓴 배춧잎을 하나 집어서 맛을 본다. 간 한 번 보지 않고 온갖 재료를 마구 쏟아붓는 것 같은데도 간이 맞다. 한 포기씩 소를 채우고 겉잎으로 몸체를 깡똥하게 오므려 감아 마무리한다. 모녀간의 끊이지 않는 이야기와 간간이 터지는 웃음소리가 배추 포기에 스며드는 듯하다. 아내는 소를 채운 포기를 냉장고용 김치통에 차곡차곡 담는다.

아내가 앉아 있는 뒤편으로 어머니가 허리를 깊숙이 굽힌 채 김칫독에 포기김치를 쟁이는 모습이 어렸다. 예전에 어머니는 김장을 백 포기씩 하셨다. 김장하기 전에 미리 장독을 묻는 것도 일이었다. 마당 한켠에 땅 파는 일은 주로 내 차지였다. 봄이면 묻었던 독을 파내고 늦가을 김장 때면 다시 묻기 위해 땅을 팠다. 그렇게 묻은 독 속을 어머니는 다시 행주로 깨끗이 닦아 내고서야 양념을 채운 배추 포기를 장독에 쟁이셨다. 웃음소리에 퍼뜩 고개를 드니 장독은 어디 가고 김치가 가득 담긴 통이 가지런히 놓였다. 이제는 김치냉장고가 집 안 한편에 자리하고 있어 장독을 묻을 필요가 없는 세월이 되었다.

겨우살이 반양식이라는 김장에 인정까지 곁들이니 간 한 번 보지 않고도 제맛이 우러나는가 보다. 이제는 집에서 직접 김장하는 가정도 많이 줄었다는데, 아내는 아직도 김장에 열정을 다하고 있다. 그렇기에 우리 집 김장 김치에는 아내의 노고(勞苦)와 열정(熱情)이 서려 있고, 식탁에서는 어느 반찬도 범접할 수 없는 주인공이다.

나는 트로트가 좋다

　우리 삶에서 '노래'를 떼어 놓는다는 것은 상상할 수도 없다. 그만큼 생활 속에 들어와 있고 그것은 예나 지금이나 마찬가지다. 우리 조상들은 삶의 고달픔을 민요나 판소리 등 가락을 통해 위안을 받았다.

　음악은 장르에 따라 여러 가지로 나뉘지만, 그중에 '대중가요'가 있다. 오랜 세월 유행가로 서민의 애환과 함께해 왔지만 한때는 '성인가요'니 '뽕짝'이란 이름으로 홀대(?)를 받기도 했다. 그러던 것이 근래 '트로트'란 근사한 이름으로 크게 각광(脚光)을 받고 있다.

　중고등학교 때 음악 시간에 배운 가곡은 지금 제대로 기억하는 것이 없다. 사회에 나와서도 '노래방' 문화가 생겨나기 전에는 친구나 직장 동료들과 어울리는 술자리에서 젓가락으로 술상머리를 두드리며 부르는 게 고작이었다. 그 시절, 좋아서 자주 부르는 곡을 '18번'이라고 했다. 삼사십 대 시절 나의 18번은 〈흙에 살리라〉, 〈충청도 아줌마〉, 〈울고 넘는 박달재〉, 〈덕수궁 돌담길〉, 〈영등포의 밤〉 등이었다. 잘 부르지는 못해도 흥에 겨워 부르곤 했다.

90년대 들어서며 노래방 문화가 급속히 퍼지기 시작했다. 친구 모임이나 직장 회식 날, 으레 2차는 노래방으로 직행했을 정도다. 노래방을 드나들면서 점점 노래에 관심이 높아졌다. 그 무렵 〈고향 아줌마〉, 〈들국화 여인〉, 〈봉선화 연정〉, 〈아미새〉, 〈원점〉 같은 노래에 꽂혔다. 이런 노래를 부르는 가수 현철, 설운도 등을 좋아했다.

2000년대 초, 직장 생활을 마감할 즈음이었다. 조항조가 부른 〈남자라는 이유로〉가 크게 히트할 때다. 배우고 싶은 마음에 방송 시설을 담당하는 동료 직원에게 그 노래를 테이프에 반복 녹음해 달라고 부탁해서 노상 그 노래만 틀어 놓고 응얼거리기도 했다. 그러나 워낙 테크닉이 있어야 흉내라도 낼 수 있는 노래라서 부르기보다는 듣는 것으로 만족해야 했다. 그 외에도 〈삼포로 가는 길〉, 〈애정이 꽃피는 시절〉, 〈장녹수〉, 〈칠갑산〉 같은 노래를 즐겼다.

퇴직 몇 년 후 수필 공부를 시작할 무렵 고등학교 친구 다섯과 노래 공부도 했다. 전문학원에서 개인지도를 받았다. 3년여 간 배우면서 노래를 제대로 즐기게 되었다. 일주일에 한 곡씩 지도를 받으며 집에서도 틈나는 대로 연습했다. 내가 생각해도 실력이 제법 늘어나는 것을 실감할 수 있었다. 이사를 하면서 학원 수강은 그만두었지만 나의 트로트 사랑은 그때부터 더 깊어졌다.

그 무렵 인터넷에서 음원(音源) 사이트를 찾아 좋아하는 곡을 유료로 구매하기도 했다. 이리저리 모은 곡을 '나의 노래 1' '나의 노래 2'로 구분해서 PC에 저장한 곡이 300여 곡은 된다. 그 외에도 팝송, 경음악,

국악 분야에도 관심이 있어 음원을 꽤 모아 두고 있다. 지금 돌아봐도 내가 음악에 심취해 있었던 것만은 사실이다.

근래에는 〈고장 난 벽시계〉, 〈가지 마오〉, 〈내 사랑 그대여〉, 〈붉은 입술〉, 〈있을 때 잘해〉, 〈청춘을 돌려다오〉, 〈화장을 지우는 여자〉 같은 노래를 즐기는 편이다. 여기에 더해서 나를 매료시킨 곡이 있다. 바로 오승근의 〈내 나이가 어때서〉다. 몇 년 전 모 방송국에서 진행하는 '가족이 부른다'는 주말 프로가 있었다. 어느 날 원로 아나운서 박용호, 박태원 부자가 출연해서 이 노래를 불렀다.

"야 ~ 야 ~ 야 ~ 내 나이가 어때서 사랑에 나이가 있나요."

첫 소절을 듣는 순간 빨려드는 듯했다. 처음 듣는데도 그렇게 멋있게 들렸다. 아마도 칠십 줄에 들어서는 나이 탓에 더 끌렸는지도 모르겠다.

한때는 종종 혼자서 노래방에 가기도 했다. 내 지갑에는 50여 곡의 노래 제목과 번호가 적힌 메모지가 들어 있다. 노래방의 두꺼운 노래책을 들출 필요가 없다. 노래에 취해 몇 곡 부르다 보면 두 시간이 훌쩍 지나가곤 했다. 세월이 흐르고 언제부턴가 주변 친구들도 노래방에는 얼씬도 안 하는 분위기로 바뀌니 자연히 나도 멀어졌다.

그런데 세상은 돌고 돈다더니 최근에 트로트 열풍이 몰아치고 있다. 모 방송국에서 진행한 '미스터 트롯'이란 프로그램의 영향으로 새삼 트로트에 대한 관심이 폭발적이다. 오래전에 잊힌 곡이나 그늘에 가려 있던 노래가 새삼 각광을 받기도 한다. 〈진또배기〉나 〈홍시〉, 〈18세 순이〉, 〈어느 60대 노부부의 이야기〉 같은 곡이 그렇다.

이제 갈수록 노래 부를 기회도 없을 뿐더러 집 안에서도 거의 부르지 않는다. 세월이 나를 그렇게 만든 것이기도 하지만, 의욕이 줄어들었다고 고백하지 않을 수 없다. 이젠 부르기보다는 듣기를 즐기는 편이다. 애창곡(愛唱曲)이 아니라 애청곡(愛聽曲)으로 바뀌고 있다. 요즘 인기곡인 〈안동역에서〉, 〈항구의 남자〉, 〈니가 왜 거기서 나와〉, 〈막걸리 한잔〉 등은 그야말로 나의 애청곡이다.

근래 샛별처럼 등장한 가수 영탁이 부르는 〈막걸리 한잔〉을 듣다 보면 아릿한 감성을 감추기 어렵다.

"황소처럼 일만 하셔도 살림살이는 마냥 그 자리, 우리 엄마 고생시키는 아버지 원망했어요. 아빠처럼 살긴 싫다며 가슴에 대못을 박던 못난 아들을 달래주시며 따라주던 막걸리 한잔~"

가락이 흥겨우면서도 가사에 담긴 부자(父子)간의 애틋한 정이 가슴을 아리게 한다. 역시 한국인의 정서에는 트로트가 가장 어울리는 장르임에 틀림없다. 나 역시 트로트가 좋다. 유행가를 접하기 시작한 초년 시절부터 지금까지도 가장 애착이 가는 곡은 〈충청도 아줌마〉와 〈울고 넘는 박달재〉다. 내 고향을 소재로 한 곡이라 더욱 끌리는지도 모르겠다. 또 〈흙에 살리라〉는 농협이라는 직장과 연계해서 항상 내 곁을 떠나지 않았다. 유행가 가사가 마음에 와 닿으면 인생을 아는 나이가 되었다는 말이 있다. 일면(一面) 수긍이 간다.

왕 린

가을 숲이 쓰는 문장
권태기 부부가 거룩하게 사는 법
모지랑이 놋쇠 주걱
베레모가 잘 어울리는 남자

ramkang2@hanmail.net

가을 숲이 쓰는 문장

숲 들머리에서 고개를 든다. 터져 나오는 짧은 탄성. 언제 이렇게 깊어
졌나. 나무들 온통 가을 색을 두르고 있다. 숨 한 번 고르고 천천히 발을
뗀다.

마을 뒤 낮게 엎드린 둔덕산에 자주 오른다. 멀리 내려다보는 맛은 없
어도 소곤거리는 듯한 예쁜 길을 품고 있다. 기껏해야 왕복 두 시간 거
리의 능선길이지만, 심심할 만하면 굽이져 돌고 밋밋하다 싶으면 비탈
져 지루할 새가 없다. 겨우 한 사람 비켜서는 조붓한 길을 오르락내리락
하다 보면 뒤숭숭하던 마음이 간 곳 없다.

둥치 큰 나무들이 우뚝우뚝한 길에 서자 비로소 숲에 든 느낌이다. 음
영도 입구와 또 다르다. 우거진 나무가 하늘을 가렸는데도 홍등 걸린 듯
환한 길. 평평한 등성이 길에서 꽃으로 핀 단풍 숲을 스캔하며 천천히
걷는다. 가을을 건너는 나무들에 가만가만 인사 건네는 나만의 방식이다.

얼핏 바람이 이는가 싶은데 우수수 지는 잎들. 참새 떼가 한꺼번에 내려
앉는 것 같다. 마른 잎은 흩어지다가 몰려다니며 바스락바스락 웃는다.

내리막이 주춤한 곳에 수북한 가랑잎들. 운동화 앞부리에 힘을 주고 낙엽 쓸 듯이 걷다가 소리 나게 밟아 본다. '바사삭바사삭' 화살 볕 받은 잎에서 크래커 바스러지는 소리가 난다. 크래커엔 커피던가. 쌓인 낙엽 더미 속에서 모카 향이 날 것만 같다. 마음은 벌써 벤치에 앉아 커피를 따른다. 가을 숲에서 마시는 커피, 내가 그린 그림 속에 낙타색 머플러 두른 그대를 앉혀 본다.

풍경이 숲을 이룬 길. 난 그 길을 걷는 또 하나의 점이다. 봄날 눈부신 꽃무리로 나비 부르던 덜꿩나무가 빨간 열매 달고 새를 유혹한다. 덜꿩나무 옆 소나무는 등이 굽었다. 식솔 감싸안은 듯 곁가지를 우산처럼 펼쳐 들었다. 청청한 바늘잎에 손바닥을 대어 보고 길을 간다. 칡넝쿨에 휘감긴 붉나무 붉은 잎에 해 싸라기가 오종종 머물러 있다, 몸이 휘어지도록 감기고도 버텨 주는 게 기특해서 내린 선물인가. 이렇게 볕 좋은 날 몸살이 나서 이불 쓰고 누워 있다는 친구에게 사진이라도 보내 줄까. 빛 받아 유난히 새붉은 잎에 초점 맞춰 셔터를 누른다.

모음이던 숲이 연둣빛으로 깨어나고, 산벚꽃 흐드러져 벌, 나비와 함께 움직씨로 윙윙거리던 숲이, 시나브로 저만의 빛깔로 물들고 갈빛 자음으로 떨어지며 가을 문장을 쓴다. 나뭇잎 사이에서 서성거리기만 하던 볕뉘 한 줌, 숲이 성긴 틈을 타 상수리나무 등허리에 납작 올라타 있다. 바람과 친한 키 큰 나무는 한파를 예비해 본능적으로 몸피를 줄여 가지만, 비워 낸 만큼 하늘 한 뼘 더 누리는 기쁨도 있겠지.

숲엔 가을이 써 내려간 문장이 깔려 있다. 산책도 책인가. 눈으로 발로 밑줄까지 그어가며 가을 숲을 읽는다. 새들이야말로 숲속의 시인이다. 데시벨 높은 새들의 노랫소리가 나의 오래된 귀에 경쾌하게 파고든다. 내가 모를 뿐 숲의 수많은 생명체가 어우러져 내는 소리는 또 얼마나 다양할지….

쉼터에서 잠깐 허리 펴고 또 걷는다. 아무리 원해도 다시 못 올 오늘을 건져 올리려고 나선 길. 내 생의 열차가 가을을 지나고 있어서인가. 본래 자리에서 자연의 순환열차에 환승하는 이 계절이 참 좋다. 조락도 완숙이련가. 돌고 돌아 가장 낮은 곳, 흙으로 돌아가는 모습도 예전과 다르게 보인다.

세상에 하나뿐인 작품, 숲은 오늘도 새 문장 쓰느라 바쁘다. 헐거워질수록 더 많은 이야기를 담고 있는 숲. '자연은 위대한 도서관'이라고 한 헤세의 말을 빌리지 않더라도 '무자천서(無字天書)'라고 한 뜻 알 것 같다. 숲은 그 자체만으로 경전이다. 숲이 쓰는 문장을 베낄 재간이 없는 게 얼마나 다행인가. 머리로만 쓰는 열 편 졸시를 자연에 동화되어 가슴 따뜻해지는 호사와 바꾸고 싶지 않다.

숲에 들어서야 마음이 열리는지 비로소 세상 속 나와 화해하는 자신을 본다. 나는 지상의 어떤 문장으로 기억되기를 원하지 않는다. 남은 생 잘 익고 잘 비워 가을 숲이 써내는 저 유순한 정령들의 문장처럼 가볍게 낙하하기를 바랄 뿐이다. 가던 길 멈춰 서서 올려다본 하늘, 무연히 맑고 깊다.

권태기 부부가 거룩하게 사는 법

　우리 부부는 가지 요리를 좋아한다. 좋아해도 원하는 요리 방식은 서로 다르다. 남편은 쪄서 무쳐야 제맛이라고 우기고, 나는 잔멸치 넣고 볶아야 맛있다고 받아친다.

　선호하는 가지 요리가 있어도 해 주는 대로 잘 먹던 남편이 달라졌다. 얼마 전부터 가지를 볶아 놓으면 몇 번 깨지락거리다 만다. 후렴처럼 자기 어머니는 갖은양념으로 무쳐 주셨다는 말도 한다. 돌아가신 지 20년이 지났건만 아직도 어머니 타령이다. 가지를 쪄서 무치고 싶다가도 울 엄마는…이라는 남편 말이 떠오르면 그러고 싶지 않다.

　칼자루는 내가 쥐었다. 가지는 늘 달달 볶인 채 상에 오른다. 싫다는 사람에게 억지춘향을 시킬 수 없고, 졸지에 천덕꾸러기로 변한 가지볶음을 상하기 전에 혼자 먹어야 한다고 생각하면 이미 맛있는 반찬이 아니다. 풀 죽은 나물 밀폐용기째 놓고 꾸역꾸역 늦은 점심을 먹는다. 다시 가지를 사나 봐라, 구시렁대는데 괜히 목이 멘다.

　무침 타령하다 지쳤을까. 남자가 가지에 무심해졌다. 한발 물러나면 한발 다가가는 게 부부라는 말, 나한테는 해당하지 않는다고 생각했는데 이상한 일이다. '그렇게 원하는데 해 주고 말어?'

찜 요리는 재료를 잘 익히는 게 포인트다. 과하면 흐물거리고 모자라면 서걱거린다. 신경을 너무 썼나. 맘먹고 만든 가지무침이 그저 밍밍한 게 이 맛도 저 맛도 아니다. 맛을 살리려 간장과 참기름을 번갈아 넣고 주무르다 보니 더 뭉크러졌다. 때깔도 영 마뜩잖다.

시대 따라 요리 방법도 달라져야 한다는 걸 알면서도 매양 그 타령인 건 게으름이 주범일 것이다. 유튜브 선생은 기다렸다는 듯 무엇이든 척척 알려 준다. 선생이 시키는 대로 기름 두르지 않은 프라이팬에 납작납작 썬 가지를 올린다. 물기만 살짝 마를 정도로 구워서 무친다니 어려운 것도 없다. 일일이 굽는 게 번거롭긴 해도 그래야 감칠맛이 난다니 따라 해야지. 시어머니의 가지무침에서 한 단계 레벨 업한 요리라고 생각하니 더 기대가 된다.

애써 만든 반찬을 식탁에 올리면서 나는 왜 남편의 눈치를 보는지 모르겠다. 접시를 흘끗 보던 그가 가지 따위에 관심 없다는 듯 자기 앞 콩조림만 콕콕 집어 먹는다. 묶어 둔 심술보가 터지려는 걸 눌러 참으며 못된 그 앞에 가지 접시를 밀어 놓는다. 무슨 어깃장일까. 남자는 팔을 길게 뻗어 다른 찬을 듬뿍 집어다 하관이 들썩일 정도로 게걸스럽게 먹는다. 나의 자존심이 바닥을 치는 순간이다.

이쯤에서 가지 따윈 꼴도 보기 싫을 거라고 짐작하지 마시라. 여자는 여우다. 어수룩하게 늙어 가는 남자 하나 눈속임하는 건 일도 아닌 주부

9단이다. 무침이든 볶음이든 그놈의 가지를 기어이 먹이고야 말겠다는 오기는 또 뭔지. 딸아이 어릴 때 야채 먹이던 꾀를 떠올린다.

가지는 비빔밥을 고급스러운 맛으로 둔갑시키는 마력이 있는 터. 전날 퇴짜 맞은 가지에 온갖 거섶을 색스럽게 담아 볶은 쇠고기를 곁들인다. 달걀프라이로 점을 찍고 쑥갓 몇 잎 올리니 화사한 꽃무리다. 흔한 재료로 완성한 비빔밥이지만 누가 봐도 오감이 꿈틀댈 꽃밥이다.

미운 사람에게 조화로움의 완성판을 대령한다. 남편은 가지가 들어간 걸 아는지 모르는지 밥에 나물 섞는 손이 가뿐하다. 가지 요리에 언제 불퉁거렸나 싶게 가지 섞인 비빔밥에 농락당한 입은 쉴 새가 없다. 수저질 몇 번 하지 않은 듯한데 어느새 바닥 긁는 소리라니. 의자 뒤로 등을 기대며 끄윽, 패배를 인정하는 소리로 들린다. 한데 내 기분 유쾌하지 않다. 그가 화를 낸 이유는 뭐였을까? 남자 마음을 굳이 알려고 하지 말자. 그건 귀신도 모를 것이다.

남편은 저녁 후 늘 그렇듯 산책하러 나갈 준비를 한다. 꽉 찬 쓰레기를 버리려는지 봉지를 묶는다. 설거지를 끝낸 내가 잠시 갈등한다. 조금 전까지만 해도 나는 안 나간다고 할 생각이었다. 퉁탕거리고 설거지하면서 왜 엊그제 친구와의 통화 내용이 떠올랐을까.

혼자 먹는 밥이 모래알 씹는 것 같다는 친구는 다짜고짜 웃기부터 했다. 난 그 웃음소리에서 어떤 비장미를 간파했다. 견갑골 안쪽 통증이 심해 파스를 붙여야 하는데 방법이 없더라고. 거실 바닥에 파스를 펴 놓고 그걸 조준해서 드러눕다 발라당했다나. 그 바람에 엉치뼈가 부러지는 줄 알았다고 말할 때 가슴을 쓸어내렸다. 타령이 길어지면 그녀의 집에 잠시 다녀와야 하나 싶어 시계를 보는 사이 파스 붙여 주는 로봇이라도 사야 할 것 같다며 처음과 다른 목소리로 흐흐거리는 그녀가 고마웠다.

뾰족했던 마음 한쪽이 둥글어져 있다. 무덤덤한 일상, 너무도 하찮은 반찬 하나 만드는 방식으로 토라지고 구시렁댈 상대가 있다는 것만으로도 감사할 일인가 보다. 쓰레기 버리는 일 따위 정말 소소한 일이지만, 기꺼이 자기 몫이라 여기는 사람과 볶음이든 무침이든 마주 앉아 먹는다는 사실이 권태기 부부에겐 거룩한 일 아니냐고, 스스로 주문을 걸었는지도 모를 일이다.

모지랑이 놋쇠 주걱

싱크대 서랍 속에는 놋쇠 주걱 하나가 있다. 어쩌다 손에 들면 오래된 물건에서만 느낄 수 있는 은근한 멋과 묵직함으로 존재를 드러낸다. 그는 찾지 않은 사이에 토라진 듯 차갑게 굴다가도 조금만 달래 주면 금방 풀어지는 귀여운 연인처럼 손에 찰싹 붙는다.

부엌에 무쇠 가마솥이 있던 시절, 놋쇠 주걱은 식구들과 합이 잘 맞았다. 그가 담아 준 따뜻한 밥을 먹고 형제들은 큰 병 없이 잘 자랐다. 그때의 다른 정경은 아슴푸레한데도 그을음 낀 흙벽 선반에 주걱이 놓여 있던 기억은 또렷하다. 가마솥에서 고슬고슬하게 지어진 밥 고봉으로 퍼 담고 구수한 누룽지 야무지게 긁어내던 때야말로 놋쇠 주걱의 호시절이 아니었을까.

농촌 대식구 살림에 손 물 마를 새 없으면서도 깔끔한 부엌을 당신의 자존심으로 여기는 듯한 엄마는 틈만 나면 세간을 끌어내 정리하곤 했다. 품이 드는 놋그릇은 날을 정해서 닦았는데, 그나마 만만한 주걱이 내 할당으로 떨어졌다. 볏짚에 기와 가루를 묻혀 닦으면 노리끼리하고 칙칙하던 면상이 투명하고 뽀얀 아기 볼처럼 되었다. 얼굴이라도 비칠 듯 광도 났다. 닦아 놓은 주걱은 밥 푸는 용도라기보다는 마술봉처럼 느껴지기도 했다. 하지만 세상에 영원한 건 없다 했던가. 단단한 쇠붙이 가장자리가 점점 얇실해져 갔다.

엄마가 해 주는 밥이 최고라고들 하지만 집을 떠나기 전에 그 고마움 아는 이 몇이나 될까. 나 역시 결혼 후 친정에 가면 사나흘 굶은 듯 밥이 맛있었다. 밥맛의 비밀이 한 뼘 남짓한 놋쇠 주걱에 있다고 여겼을까. 나는 투박하고 무겁기까지 한, 닳아서 테두리가 무너지고 있는 그것을 탐냈다. 엄마를 따라 얼김에 한 일이었지만 내 손으로 광을 낸 것이라 더 정이 갔다. 동글납작한 모양새가 예뻐서 갖고 싶었는지도 모르겠다. 딸내미의 엉뚱한 살림 욕심이 기특하다 싶었던지 엄마는 당신도 귀히 여기던 놋쇠 주걱을 선뜻 내게 넘겨주셨다.

놋쇠 주걱은 소꿉장난 같은 신혼의 풋 세간들 틈에서 겉돌 만도 한데, 밥공기 튼실하게 채워 주는 소임을 천연덕스럽게 해냈다. 미끈한 도자기나 멜라민, 값싼 플라스틱 물건들 속에 있으니 은근 귀티가 났다. 얄팍하고 겉만 번지르르한 살림살이의 위상까지 끌어올려 주는 듯했다. 그렇게 오랫동안 내 손끝 여물어지기 기다리며 우리 집 주방 조리 기구의 터줏대감 노릇을 했다.

우리의 어긋남은 예상치 못한 곳에서 왔다. 버튼만 누르면 뚝딱 밥이 되는 전기밥솥이 생긴 것이다. 가장자리 납작 닳은 그와 만질만질한 코팅 내열 솥은 결이 달랐다. 전기솥이 싱크대 가운데 자리를 차지하자 놋쇠 주걱은 슬그머니 뒤로 물러난 것처럼 보였다. 밥솥에 딸려 온 실리콘 주걱의 날렵한 허리를 냉큼 잡으면서 간사스러운 마음을 들킨 것만 같아 편치는 않았다. 탈까 설까 조바심 없이 밥이 된 것만 좋아라 팔랑 바람 일으키며 밥을 푸면서도 나랑 찰떡이라고 추켜세우던 그를 외면할 수밖에 없었다. 제 소임에서 밀려나고 내 관심에서 멀어진 놋쇠 주걱은 자기도 모르는 사이 그늘을 키웠는지 낯빛 허우룩하고 검버섯도 두드러져 보였다.

아무짝에도 쓸모없는 사람이 되지 않으려 부단히 애를 써도 순간순간 변해가는 세태를 따라가지 못해 열쇠 잃은 자물통이 될 때가 있다. 쭈그러진 바퀴 안고 주뼛거리는 사이 가속으로 굴러온 물질문명은 내 영역을 벗어나 있곤 했다. 그나마 아직 현재진행형인 삶이라고 강하게 느낄 때는 어린 손자와 시간을 보낼 때다.

딸과 사위가 맞벌이를 하는 바람에 내가 손자의 하교 후 시간을 함께 보낸다. 자연히 아이에게 저녁을 먹이는 건 내 몫이다. 어릴 때 식습성이 중요하다는 생각에 나는 요즘 아이들이 좋아하는 인스턴트식품을 피한다. 내 손맛에 길든 아이는 나물이든 잡곡밥이든 가리지 않고 잘 먹는다. 어느새 훌쩍 자라 내가 들고 가던 짐을 당연히 자기가 들어야 한다고 뺏어 들고 앞서갈 때는 뿌듯하면서도 너무 빨리 자라 버리는 것 같아 서운하다. 어느 순간 손자는 내 손에서 벗어날 것이고 그러다 보면 나역시 자연스럽게 놋쇠 주걱이 되겠지.

요즘 주물솥밥에 맛이 들렸다. 전기밥솥에 지은 밥과 또 다른 맛이다.

밥물이 끓어오르면 준비해 둔 재료를 듬뿍 얹고 약불로 맞춰 뜸을 들인다. 솥에 누룽지가 앉으면 놋쇠 주걱을 초빙할 때도 있다. 할머니께 묵나물 하는 법을 여쭙기라도 하면 얼굴색 환해져 조곤조곤 일러 주듯 주걱은 금세 낯빛 달라져 익숙한 솜씨로 누룽지를 긁어 준다.

손이 닿는 가까운 곳에 주걱을 걸어 놓을 수 없어 아쉽다. 날 잡아 철물 공방에나 들러 볼까. 손잡이에 구멍을 뚫어 자주 쓰는 뒤집개와 국자 곁에 나란히 걸어 놓으면 우리 집 부엌 분위기도 달라질 것 같은데.

베레모가 잘 어울리는 남자

잠이 든 남편 모습이 편안해 보인다. 30분 전만 해도 송곳으로 배를 쑤시는 것 같다며 구부리고 있었는데 급하게 삼킨 진통제가 통증 괴물을 쓸어간 모양이다.

블라인드 틈새로 얼비쳐 들어온 햇빛이 남편 얼굴에 머물러 있다. 빛을 가리려고 블라인드 줄을 만지는데 그가 돌아누우며 눈을 뜬다. 볼살은 빠지고 윤기는 없지만, 턱 윤곽을 그려 놓은 듯 선명한 게 욕심, 근심 다 내려놓은 사람처럼 맑고 깊다. 속세 떠나 길 없는 길에 선 노스님 같기도 하고, 어느 깊은 수도처 수사님 같기도 하다. 저 모습 그대로 사진 한 방 찍어 두고 싶다고 생각하다 휴대전화를 연다. 며칠 전 사진관에서 보내 온 남편 일흔 번째 생일을 앞두고 찍은 사진을 들여다본다.

남편이 암 진단을 받기 전만 해도 우리는 손자 여름 방학에 맞춰 칠순 기념 가족 여행을 가자는 꿈에 들떠 있었다. 이런 기막힌 일이 있으리란 걸 상상이나 했으랴. 지금 상황에서 여행은 꿈도 못 꿀 일, 그래도 기념이 될 만한 걸 생각하다 가족사진을 찍자고 했다. 항암 여섯 번째 사이클을

막 끝낸 후라 체력이 바닥을 칠 때인데도 남편은 선뜻 그러자고 했다.

우리는 흰 셔츠에 청바지를 맞춰 입으면서 어느 야유회 가족 대항 노래자랑이라도 나가는 듯 들떠 있었다. 그런데 정작 스튜디오로 향하는 차 안에서는 각자 뭔지 모를 상념에 젖어 있어서인지 말이 없었다.

다리가 긴 의자에 남편을 앉게 하고 딸과 사위 그리고 나와 손자가 둘러섰다.

"자~ 찍습니다요. 웃어요, 웃으세요."

연신 셔터를 눌러대는 촬영기사는 습관처럼 웃으라는 말을 외워댔다. 웃음이라곤 생전 모르고 산 사람처럼 새삼 광대를 올려붙이고 서 있자니 보통 어색한 게 아니었다. 앵글에 잡힌 남편 표정이야말로 영 아니다 싶었을까. 유독 남편에게 이런저런 요구가 많았다. 보기 좋은 그림을 끌어 내려 아무리 애를 써도 안 되겠는지 촬영기사가 먼저 제안했다. 짜깁기라도 해서 어떻게든 멋지게 만들어 드릴 테니 단체 사진은 이쯤에서 마무리하자고.

독사진을 찍기 위해 남편 혼자 의자에 앉았다. 남편은 마치 MRI를 찍기 위해 통 속에 들어 있기라도 한 듯 어깨를 잔뜩 웅크린 채 질린 표정이었다. 사진 한 장 찍는 게 뭐라고 저런 얼굴일까 싶어 안쓰러운 마음이 들 정도였다. 기사가 왜 그 말을 했는지 알 것도 같았다.

남편은 이번에 찍는 사진이 자신의 영정사진이 될지도 모른다는 생각을 은연중에 한 것일까. 거동이 그나마 괜찮을 때 사진이라도 찍어 두자는 내 꿍꿍이를 들킨 것만 같았다. 남편의 심리를 가늠하면서 딸아이는 물론 나에게조차 드러내고 싶지 않았던 내 숨은 마음이 무참하게 느껴졌다.

딸 사위 손자가 앞에 서서 돌배기 어르듯 하니 안 웃을 수가 없었을까, 남편 표정이 조금 부드러워졌다. 재간둥이의 우스꽝스러운 제스처가 웃음 버튼을 터치한 순간 그가 화~알짝 웃음보를 터트렸다.

어렵게 완성된 사진이지만 봐도 봐도 좋다. 최악의 컨디션으로 몰아넣는 암성 통증 같은 건 개나 물어가라는 듯 윗니 다 드러내고 웃는 남편. 젊은 시절의 그가 어린 딸을 안고 지어 보이던 행복한 미소, 손자와 뒹굴며 순진무구하게 허허대던 모습이 그대로 담겼다. 나는 수시로 그 사진을 들여다본다. 사진을 볼 뿐인데 내 눈은 왜 웃을까. 눈은 웃으면서 가슴은 또 왜 저릴까.

그와 나는 일본계 회사에서 만난 사내 커플이다. 입사 1년쯤 됐을까. 남자 신입 사원 최종 면접실에 커피를 들고 들어갔다. 면접관으로 그 자리에 있던, 실없는 소리를 꽤나 잘하던 총무과장이 눈을 찡긋하며 말했다.

"미스 왕, 지금 여기 앉은 사람 중에 그대 신랑감이 있을지도 모르니 잘 봐 두세요."

잔뜩 긴장한 그들을 위해 한 농이었을 텐데 뻘쭘한 내가 홍당무가 되었다. 쟁반을 갖다 놓으려 탕비실에 갔더니 여직원 몇이 반짝이는 눈빛으로 날 기다리고 있었다. 관리과 미스 김 언니가 유난히 관심을 보이며 물어 왔다.

"어때? 괜찮은 사람이 있든?"

모르겠다는 뜻인지 아니라는 뜻인지 나는 애매하게 고개를 가로저었다. 하지만 얼른 떠오른 사람이 있긴 했다.

제대한 지 얼마 되지 않은 듯 머리는 짧지만 머리숱이 유난히 많고 눈매가 서글서글하던 남자. 그는 내가 커피잔을 탁자에 내려놓자 벌떡 일어나 거수경례를 붙였다.

"감사합니다!"

회의실이 쩌렁쩌렁 울릴 만큼 펄떡거리는 목소리였다. 총무과장은 정말 예지 능력이 있었던 걸까. 그 짧던 머리카락이 자라 손으로 쓱 빗어 넘기는 모습까지 너무 멋지게 보이던, 여직원들의 수다에 자주 등장하는 거수경례 그 남자와 나는 3년 뒤에 결혼했으니.

건강과 성실을 무기로 주어진 일에 최선을 다하던 그 남자를 어떤 신이 시샘했을까. 그는 마흔도 안 되어 위암에 걸렸다. 암을 잘 이겨내고 살아서 내 곁에 남아 주었지만, 항암 때 머리가 빠진 후 윤기 차르르하던, 내가 반한 머리칼은 돌아오지 않았다. 항암제가 일단 모든 세포를 죽이고 본다는 걸 그때 이미 알았다.

위암에 머리카락 절반을 반납해 버린 남편. 세월 이길 장사는 못 되었는지 흰머리가 생기고 숱은 더 엉성해졌는데 췌장신경내분비암이라는 몹쓸 놈이 쳐들어와 그나마 남은 카락을 거의 앗아가 버렸다. 그 머리로는 병색을 지울 수 없을 듯해서 가족사진 찍는 날 베레모를 쓰게 했다.

몇 개월 지나지도 않았는데 침상의 남편 모습이 그랬나 싶게 근사하게 나온 사진을 보고 또 본다. 새삼 다시 보니 베레모가 잘 어울린다. 천만번이면 하늘에 닿으려나. 나는 시도 때도 없이 주문을 외운다.

'어서 털고 일어나 사진 속 표정으로 돌아오시오. 더 근사한 베레모, 사러 갑시다!'

지영선

걸어가는 사람
공원에서 담배 피우는 남자
낙과
샤넬 No.5

rejina3355@hanmail.net

걸어가는 사람

한 여자가 기울어진 해를 등지고 길을 걷고 있다. 그 곁을 사람들이 스치듯 지나간다. 제 그림자를 따라가던 여자가 문득 그 그림자가 모딜니아니 여인을 닮았다는 생각을 한다. 계절은 세상을 적갈색과 금빛으로 물들여 놓고 늦가을 언저리에서 머뭇거린다.

여자는 마음이 심란해지거나 골치 아픈 일이 생기면 하던 일을 멈추고 집을 나온다. 처음에는 발걸음이 돌덩이처럼 무겁다. 그 무거움을 견디고 걷다 보면 짓누르던 문제의 실마리가 조금씩 풀리고 생각이 단순해진다. 그러다 보면 두 다리가 탄력을 받아 몸을 가볍게 이끌고 어느새 숲길을 걷고 있다,

걷기는 홀로, 혹은 둘이나 셋이 걸어도 즐겁다. 여럿이 걸어도 나름대로 또 다른 기쁨이 있지만, 그녀가 가장 좋아하는 친구는 혼자 걸을 때 찾아온다. 늘 다른 모습으로, 때로는 오늘처럼 그림자로 나타나 앞서거니 뒤서거니 하며 길동무가 되기도 한다. 그런가 하면, 그녀의 게으름을 꾸짖으며 훈장 노릇 하러 오는 날도 있다. 그녀는 아이를 만나 목청껏

소리 높여 동요를 부를 때가 가장 행복하다. 수많은 날이 지나갔어도 그때 동요를 부르던 그 어린 날은 늘 봄빛처럼 빛나는 추억으로 그녀를 찾아온다.

그녀에게 걷기는 건강을 위한 활동이 아니다. 심약한 자신을 다스리는 자기 수행의 수단이다. 때로 세상은 어떤 사람에게는 인자하고 또 다른 이에게는 냉소적이다. 그 세상살이에서 겪는 서운함이 늦가을 가랑비처럼 그녀 맘을 축축하게 적셔 놓을 때가 있다. 그 씁쓸함에 시달려 본 사람은 안다. 그것이 얼마나 깊은 상처를 남기는지를. 많은 사람이 고슴도치처럼 가시를 세우고 긴장 모드로 살아간다. 팽팽하게 당겨진 활시위 같은 긴장감은 누구에게도 이로울 리 없다. 그것을 무장 해제시키기 좋은 것이 바로 걷기라고 그녀는 믿고 있다.

여자는 자발적 고립을 즐기는 주거안주형 인간이었다. 그 삶에 불만은 없었다. 삼십 대 후반, 여자는 볼링을 치다 어깨를 다쳤다. 그 뒤 계속되는 통증으로 불면증에 시달렸고, 마음도 우울했다. 그때, 그녀 남편이 주말 여행을 제안했다. 첫 여정으로 사찰 탐방을 시작했다.

이른 아침 천년고찰 대웅전 뜰 앞은 정갈하고 고요했다. 여자는 자신이 전생에 어떤 삶을 살았을까 궁금할 만큼 그 아침 절간 풍경에 매료되었다. 스님의 청아한 독경 소리를 들으며 암자로 가는 오솔길을 따라 올라갔다. 그녀의 걷기는 거기서부터 시작되었다. 그리고 날로 진화했다. 마침내 설악산 대청봉을 두 번 섭렵하고, 지리산 화엄사에서 노고단까지 오르내렸다. 지금도 그녀의 걷기는 현재진행형이다.

"걷는 것은 자신을 세계로 열어 놓는 것이다. 발로, 다리로, 몸으로 걸으며 인간은 자신의 실존에 대한 행복한 감정을 되찾는다."

어느 걷기 예찬론자 책에서 읽은 글이다.

여자는 그 말이 맞다고 생각했다.

여자는 서울에서 열린 스위스 작가 자코메티 첫 특별전을 관람한 적이 있다. 그중에서도 그의 대표작 〈걸어가는 사람〉이 던지는 메시지는 예사롭지 않았다. 그 작품을 좀 더 자세히 보려고 미술관이 마련한 묵상의 방으로 들어섰다. 방은 어두웠다. 그곳에서 그녀는 키 188cm에 부릅뜬 눈과 근육이 사라진 가늘고 앙상한 모습으로 결연하게 걸어가는 사람을 만났다. 자코메티 석고상이었다. 걸어가는 사람은 원형으로 돌며 다양한 각도로 자신의 모습을 드러냈다. 그 공간의 어둠에 익숙해질 무렵, 방석 위에 앉아 있는 관람객 두세 명이 보였다. 여자는 그만 나가려다 멈춰 서서 잠시 망설였다. 그리고 빈 방석으로 가 자코메티의 걸어가는 사람과 마주 앉았다.

어느 순간 그녀의 뺨 위로 더운 눈물이 흘러내렸다. 그녀가 마주하고 있는 것은 더 이상 조각품이 아니었다. 쉼 없이 걷고 있는 세상을 살아가는 모든 사람의 초상이었다. 또한 삶의 허망함과 부질없음과 피할 수 없는 고독, 그리고 막연한 미래를 향한 헛꿈에 희망 고문을 당하면서도 삐에로처럼 웃고 있는 그녀의 자화상이기도 했다.

그녀의 거실 서랍장 위에 '걸어가는 사람'이 놓여 있다. 모조품이긴 하지만 가끔 그에게 눈을 맞추며 자코메티의 메시지를 속삭인다.

"인간은 걸을 때 가장 가볍다. 내가 보여 주려는 건 바로 그것, 그 가벼움이다."

여자가 서쪽 하늘을 올려다본다. 코발트 빛 허공으로 저녁 안개가 얇게 퍼지고 있다. 얼마나 걸었을까, 돌아보니 걸어온 길이 아득히 멀다. 조금 전까지 평온했던 마음이 갑자기 불안해지고 막막해진다. 돌아갈 집이 없는 것도 아닌데, 왜 그런 감정이 생기는 건지 모르겠다. 집을 나설 때의 여유로움은 간데없다.

마음보다 발길이 먼저 서두른다. 가던 길을 되돌아서서 걸음을 내디딘다. 그녀 뒤를 따르던 희미한 그림자가 말했다.

"천천히, 천천히, 서두르지 마세요. 당신은 걸어가는 사람이잖아요."

공원에서 담배 피우는 남자

오십 대 초반쯤 보이는 남자가 아파트 공원에서 담배를 피우며 서성 거렸다. 훤칠한 키에 이목구비가 반듯한 잘생긴 사람이었다.

일주일에 두 번 체육관에 간다. 집에서 그곳까지는 걸어서 10분 거리다. 그 골목길에 공원이 있고, 그 안에 정자가 하나 있다. 이른 아침, 나는 늘 허둥대며 그 정자 옆을 지나치곤 했다. 그즈음 그는 그곳에 자주와 담배를 피웠다.

어느 날이었다. 내가 체육관에 갈 때부터 담배를 피우고 있던 남자는 올 때까지도 그러고 있었다. 그의 발치엔 꽁초가 수북했다. 웅크리고 돌아앉은 그의 머리 위로 피어오르는 담배 연기가 아침 공기 속으로 퍼지며 내 후각으로 스며들었다.

나의 아버지도 담배를 피우셨다. 어떤 선택의 기로에 서 있거나 힘든일이 생기면 아버지는 말수가 줄고 더 자주 담배를 피우셨다. 자신이 뿜어 낸 담배 연기를 지긋이 바라보며 고통의 시간을 감내하시던 모습은지금도 아버지의 상징처럼 내 기억 속에 선명하게 남아 있다. 그때마다 엄마는 건강을 염려하며 속을 끓였지만, 나는 아버지 놋재떨이를 깨끗이 닦아 살그머니 가져다 놓곤 했다. 어서 그 시간이 지나가길 간절히 바라면서. 그런 경험이 있어서인지 이른 아침 공원에 나와 담배를 피우고 있는 남자를 나는 한 번 더 돌아보았다.

작은 공원 초목들이 몇 번 옷을 갈아입었다. 남자의 공원 출입도 예전보다 뜸해졌다. 그는 내가 맨 처음 보았을 때 모습을 점점 잃어가고 있었다. 마치 집을 떠받치고 있는 목조 기둥을 좀먹는 해충처럼 보이지 않는 어떤 것이 남자의 영혼과 육신을 망가뜨리고 있는 것 같았다. 부스스한 머리칼, 퀭한 눈, 도드라진 광대뼈가 그를 날로 초췌하게 변모시키고 있었다.

그러다 나는 그 남자를 잊어버렸다. 오다가다 마주친 사람, 눈에 안 보이니 자연히 기억에서 멀어져 갔다. 그런데 어느 날 그 남자가 불쑥 공원에 나타났다. 계절에 맞지 않는 두꺼운 점퍼와 헐렁한 바지 차림으로 두 발을 번갈아 끌며 정자를 향해 오고 있었다. 발자국을 떼기 어려울 만큼 쇠잔해진 그의 몸은 금세라도 앞으로 넘어질 것 같았다.

여전히 가느다란 담배 한 개비를 입에 물고 있었다. 그의 행색이 비극 영화 마지막 결말보다 처연해 보였다. 그래도 다행이다 싶었던 건 생생한 눈빛이었다. 아무리 담배의 독성이 강하다 해도 건장한 사람을 단시간에 그렇게 무너뜨릴 리는 없을 텐데, 그에게 무슨 일이 있었던 걸까.

그 후, 나는 요가 시간이 빠듯해도 서두르지 않는다. 그 남자가 담배를 피우고 있든 그렇지 않든 그림자처럼 공원을 지나쳐 간다. 내가 왜 그렇게 하는지는 나도 모른다. 다만 그의 담배 연기 속에서 나는 가끔 '뭉크의 절규'와 마주치곤 했다.

사람과 사람 사이 경쟁이 날이 갈수록 치열해지고 있다. 그런 환경에서 오는 부작용이 우리 사회와 개인을 병들게 하는 것은 아닐까. 언제부턴가 곳곳에서 절망하고 신음하는 그 남자 같은 사람들이 늘고 있다. 그는 지금 산업 현장에서 누군가의 남편과 아버지로 한창 일할 나이가 아닌가. 누가, 무엇이 그 사람을 그렇게 만들었을까. 어쩌면 우리 모두 앵무새 죽이기의 공범이 아닐까.

급격히 이루어 낸 경제 발전과 풍요로운 물질 속에서 우리는 무엇을 얻고 잃었을까. 지나친 경쟁으로 인한 초속도전에 떠밀려 정작 중요한 것을 외면하고 사는 건 아닌지 생각해 볼 일이다. 트리나 폴러스의 동화 《꽃들에게 희망을》에 나오는 애벌레 기둥이 새삼 떠오른다.

지난해 가을부터 쉬고 있던 요가를 다시 시작했다. 매트를 메고 작은 공원길을 가로질러 정자 옆을 지난다. 그 남자가 있던 곳을 바라본다. 한 달이 지나 벌써 두 달째다. 그는 거기에 오지 않았다. 지금 공원엔 철도 모르고 꽃들이 속도전을 벌이고 있다. 그들도 어딘가로 쾌속 질주하는 인간 대열에 편승하려는 걸까. 남자가 담배를 피우던 정자가 꽃대궐 속에 덩그러니 놓여 있다. 부디 그가 고통의 시간을 끝내고 내가 맨 처음 보았던 그 모습을 되찾아 건강한 이웃으로 살아가길 빈다. 그러면 내가 사는 세상은 그 한 사람 웃음만큼 밝아지리라 믿는다.

낙과

장마가 지나간 팔월 어느 날, 외출했다 집으로 오는 길이었다. 땡볕 쏟아지는 길 위로 풋감 하나가 툭, 떨어졌다. 발 앞을 뒹구는 감을 얼른 주워 옷자락에 닦았다. 농도 짙은 진초록빛 감은 보통 야무진 게 아니었다. 거친 길바닥으로 곤두박질치고도 어느 한구석 흠집도 없고 탱탱했다. 단지 꼭지가 없을 뿐이었다. 그 자리엔 탯줄을 끊어 낸 흔적처럼 생채기가 나 있었다.

폭염과 장마로 이어지던 기나긴 여름날이 거의 막바지에 이르렀다. 감은 그 힘든 한철을 다 견뎌 내고서 왜 바람 한 점 없는 청명한 날 한낮에 낙과가 되었을까. 절정에 오른 팔월의 열정쯤이야 이미 단단해진 그 몸으로 너끈히 품어 안을 수 있었으련만. 이제 천천히 익어만 가면 될 텐데. 감을 손에 들고 볼수록 아까워 나는 오도 가도 못하고 감나무 아래 서 있었다.

방금 감을 떨구어 낸 나무를 올려다보았다. 감이 매달렸던 자리는 무성한 잎에 가려 자취도 없다. 나무는 또 다른 탐스런 열매를 주렁주렁 매달고 한 치의 동요도 없이 우뚝 서 있었다. 순간 그 비정함에 마음이 서늘해졌다.

풋감은 낙과 이상의 의미로 내게 다가왔다. 내 분신 같은 동생을 떠올리게 했기 때문이다. 그녀는 야무지고 이성적이면서도 따스한 성품을 지니고 있었다. 그리고 무던했다. 고만고만한 형제들이 한집에 살다 보면 늘 소소한 다툼이 일어난다. 그럴 때마다 그녀의 무던함이 우리 집 평화의 수호신 역할을 톡톡히 해냈다.

그녀가 쪼그만 애였을 때는 나를 무척 곤혹스럽게 했다. 내가 친구를 만나러 가려면 찰거머리처럼 내 옷자락을 잡고 놓아 주질 않았다.

"나, 언니 따라갈 거야."

"안 돼!"

내 대답은 한결같이 단호했다. 하지만, 그 애 떼거지를 이겨 낼 도리가 없어 그 동생을 혹처럼 달고 다닌 날이 많았다.

세상에 공짜는 없었다. 그로부터 머지 않은 날, 그 애는 나의 비밀 메신저가 되었다. 나는 부모님과 형제들에게 직접 말하기 곤란한 일은 그 애를 통해서 해결하곤 했다. 시키면 무엇이든 다 했고, 잔심부름까지 도맡아 해 주었다. 그뿐이 아니었다.

"언니, 이거 ○○가 언니 갖다 주래."

드디어 이웃 남학생이 준 쪽지 편지 배달부 노릇까지 했다. 그 편지 배달은 우리 집에서는 엄한 금기 사항이었다. 그 애는 기특하게도 그 비밀을 잘 지켜 주었다. 그래서 나의 무한 신뢰를 받으며 절대적 내 편이 되어 늘 내 곁에 있었다.

동생이 여고 1학년 때다. 우연히 길에서 그 아이 담임 선생님을 만났다. 그 후, 그 선생님 친구로부터 데이트 신청을 받았다. 그때 나는 이미 맘속으로 좋아하는 사람이 있었지만 결혼보다는 수도 생활에 더 관심이 많았다. 부모님은 나와는 달리 내 결혼에 꽤나 적극적이었다. 어떻게 해서든지 그 사람과 나를 맺어 주려고 하셨다. 그 남자로부터 장문의 편지를 여러 번 받았다. 동생을 통해서였다. 집에서는 말할 것도 없고 동생과 그녀 친구들에게 그 일은 한동안 큰 관심거리였다.

그 동생이 3학년 되던 해, 내가 결혼을 해 집을 떠났다. 세월이 한참 지나 그녀도 결혼을 했다. 아이들을 낳아 키우며 그 뒤로도 그녀와 나는 때론 세상에 둘도 없는 친구처럼, 때론 같은 시대를 함께 살아가는 삶의 동반자로, 혈육으로 정을 나누며 지냈다.

몇 해 전, 친구들과 파주 헤이리마을에서 바람에 흩날리는 꽃비를 맞으며 봄날을 즐기고 있었다. 그날 한 통의 전화가 나를 어둠 속으로 밀어넣었다. 동생은 뇌수술 후 뇌사 판정을 받고 3개월 뒤 세상을 떠났다. 100세 시대에 60을 못 채우고 퇴직한 지 3개월 만에 서둘러 생을 마감했다. 바람 한 점 없이 눈부신 여름날, 내 발치 앞으로 떨어져 구르던 저 낙과처럼 그녀도 세상과의 연줄을 놓아 버린 것이다.

"얘야, 나 어찌해야 하니?"

반들반들 윤이 나는 풋감을 가방에 넣으려다 멈춘다. 그것을 가져다 어쩌려고? 감을 나무 아래 놓아 두고 돌아섰다.

‘언니, 나 잘 있어. 걱정 말고 어서 집에 가. 햇볕이 너무 뜨거워.’

동생 목소리다.

“알았어.”

사방을 둘러봐도 아무도 없다. 나 혼자뿐이었다.

샤넬 No.5

　요즘 향수를 사용하는 사람이 급격히 늘었다. 사람들은 그것으로 어떤 이미지와 품격을 표현하고 싶은 걸까,

　누군가가 향기로 자기 존재를 이웃에게 전파하기 시작한 것은 그리 오래되지 않았다. 집 앞 엘리베이터 버튼을 눌렀다. 문이 열리자 짙은 향수 냄새가 코를 찔렀다. 곧바로 준수한 용모에 마음이 소탈해 보이는 아래층 남자와 그의 자전거가 머릿속에 떠올랐다.

　이십여 년 전, 젊은 남자가 예쁜 아내와 어린아이들을 데리고 우리 집 아래층으로 이사 왔다. 상냥한 아내와 달리 그는 낯가림을 많이 했다. 그래서 강산이 두 번 바뀌도록 겨우 목례만 하는 이웃사촌으로 지냈다. 어느 날이었다. 등산복을 입고 나가던 길이었다. 엘리베이터 문이 열렸다. 아래층 남자가 자전거와 함께 서 있었다. 탈까 말까 망설이는 것 같았다. 내가 한쪽으로 비켜 서서 인사를 건넸다. 그가 자전거를 끌고 엘리베이터 안으로 들어섰다. 순간, 진한 향수 냄새가 났다. 그즈음 엘리베이터 안 그 향기의 주인공이 누군지 궁금하던 때였다.

나는 향수를 쓰는 남자를 날라리나 제비족쯤으로 생각하는 환경에서 자랐다. 그런 촌스런 견해가 한때 내 생각을 지배했던 탓인지, 그 남자에게서 풍기는 향수 냄새에 약간 거부감이 들었다. 그렇다고 해서 내가 향수를 사용하지 않는 건 아니다. 종종 선물 받은 향수 향이 마음에 들면 스카프나 옷깃에 묻히고 외출하곤 한다.

그 남자가 나에게 산에 가느냐고 물었다. 그렇다고 하자 의외라며, 등산은 나하고는 전혀 어울리지 않는다고 했다. 그가 알고 있는 이웃 여자, 나의 이미지는 어떤 유형일까.

향수는 중세 시대에 왕족이나 귀족들이 몸을 씻지 않아 나는 고약한 냄새를 없애기 위해 개발했다고 한다. 그 본래의 취지와는 다르게 지금은 사람의 품격이나 이미지를 만드는 데 주로 쓰이고 있다. 하지만 향수는 화장품이나 액세서리 같은 겉치장물일 뿐, 그 사람의 삶이 빚어 낸 진실한 향기, 진솔한 내면의 이미지는 아니다.

대방 전철역 지하도로 내려가는 에스컬레이터를 타면 더덕 향이 기분 좋게 스민다. 그 냄새 진원지가 사람들이 오가는 통로에 앉아 사철 더덕을 까는 할머니 손끝이라는 것을 알면 더덕 냄새는 더 이상 향기롭지만은 않다. 여든을 넘겼을 듯한 바짝 마른 노구에서 풍기는 삶이 너무 고단해 보여서다. 지하철 탈 때마다 그 할머니를 보며, 향기는 코로 맡는 것이 아닌 눈으로 보고도 느낄 수 있다는 것을 알았다.

자신의 삶의 이력을 이미지와 향기를 내는 것들이 어디 사람뿐일까. 잎 떨군 앙상한 가지로 서릿발과 눈과 얼음을 치열하게 견디는 겨울나무, 폭포수처럼 쏟아지는 불볕과 발밑에서 숨 막히게 차오르는 열기를 온몸으로 받아내며 묵묵히 걸어가는 사막의 낙타가 우리에게 전하는 삶의 향기는 또 얼마나 경이로운가. 이렇듯 살아 있는 생명들은 저마다 걸어온 삶의 족적으로 이루어 낸, 서로 다른 고유한 향기를 지니고 있다.

몇 년 전 유럽에서 비행기 탑승시간이 많이 남아 친구와 면세점에 들렀다. 향수 코너에서 용기도 예쁘고 향도 맘에 드는 향수를 기념으로 하나 사고 싶었다. 하지만 종류가 워낙 많고 향수에 대해 아는 브랜드도 없어 선택하기 어려웠다. 친구가 몇 개 골라줬지만 마음에 들지 않았다. 직원에게 내게 어울릴 만한 향수를 추천해 달라고 했다. 샤넬 No.5를 보여 줬다. 그건 내 화장대에서 오랜 세월 먼지를 뒤집어쓴 채 천덕꾸러기로 전락한 바로 그 향수였다. 그날 나는 그곳에서 맘에 드는 향수를 끝내 고르지 못했다.

집에 돌아와 여행의 피로가 풀릴 즈음 세수를 하고 샤넬 No.5를 손등에 살짝 묻혀 보았다. 아마도 내 후각이 둔해졌나 보다. 아니면 그 향기가 부담스럽지 않은 나이가 되었는지도 모른다. 그 옛날 머리가 아플 만큼 강렬했던 향기가 많이 부드러워져 있었다. 무게감 있는 그 향이 싫지 않았다. 향수는 휘발성이 강한 액체다. 화장대 위 샤넬 No.5는 오랜 시간을 두고 숙성되며 나도 모르게 내게로 스며들고 있었던 건 아닌지 모르겠다.

후각 실험자들은 말한다. 좋은 냄새는 사람의 마음을 움직이는 마력을 가지고 있다고. 좋은 냄새란 어떤 냄새를 말하는 걸까. 그 말의 의미가 값비싼 고급 향수를 뜻하는 것은 아닐 것이다. 그 말의 내 주관적 해석은, 먼저 사람으로서 갖추어야 할 품위와 올바른 가치관을 가지고 행동하며 살아가는, 지극히 평범하지만 고유성을 잃지 않는 사람들 삶의 향기가 아닐까 한다.

내 삶의 향기를 나는 알 수가 없다. 그러나 누가 봐도 어울린다고 생각할 수 있는 세상에 하나밖에 없는 고유명사 같은 향기, 그 나만의 향기는 어떤 향일까. 궁금하다.

요즘 나는 화장대 위에 있는 샤넬 No.5 향이 마음에 든다. 여름철엔 좀 부담스럽다. 가을엔 그 향기가 잘 어울릴 것 같다. 사실 동양 여인인 나에게 그 향수가 어울리지 않을 수도 있다. 매스컴을 오르내리던 마릴린 먼로와 연결되어 있는 상징성 또한 불편할 수도 있다. 하지만 그 속설은 그 시대를 지배하던 남성 중심주의가 만들어 낸 프레임에 불과한 것이 아닐까.

불쑥 화장대에 놓여 있는 향수를 끌어당겨 냄새를 맡는다. 곧 다가올 늦가을 날, 내가 좋아하는 검은색 원피스에 진주 목걸이를 하고 창가에 앉아 호르비치가 연주하는 모차르트 피아노 콘서트 23번을 듣고 있는 나를 상상해 본다. 나는 그날 '샤넬 No.5'를 소매 끝에 살짝 묻히고 나갈 것이다. 그곳 어딘가에 멜랑콜리한 북유럽 남자 한 사람 앉아 있으면 어떨까. 아무리 아름다워도 단순히 풍경만 담은 사진은 뭔가 허전하다. 그 안에 사람이 들어가야 비로소 완성되듯 말이다.

그때쯤, 내가 사는 아파트 엘리베이터에선 또 어떤 향기가 나고, 그 냄새에 대해 이웃 여자들은 뭐라 소곤거릴까.

김명희

별난 이웃
가을앓이

ye6206@hanmail.net

별난 이웃

우리 앞집에 별난 이웃이 생겼다. 이사가 워낙 소리 소문 없이 이루어졌기에 난 언제부터 녀석이 그곳에 자리를 잡았는지 알지 못한다. 또한, 그 집 주인이 녀석의 입주를 아는지 모르는지도 잘 모르겠다. 하지만 장담컨대 너무 허름한 곳이라 보증금은 전혀 지급할 필요가 없었을 것이다.

은회색 잔 구름이 엷게 하늘에 깔린 어느 날 오후. 베란다를 청소하다 우연히 바라본 아파트 노인정 기둥 밑에 녀석이 보금자리를 틀고 앉아 있었다. 3층에 있는 우리 집과 높은 담장 위에 있는 아파트 노인정은 산으로 올라가는 오솔길을 사이에 두고 마주 보고 있다. 녀석을 자세히 쳐다보았다. 흰색이 유난히 돋보이는 체구가 약간 마른 놈이었다. 오랫동안 별 움직임을 보이지 않자 내 호기심도 시들해지고 관심도 사라져 버렸다.

그러던 어느 날부터 놈이 슬슬 나의 신경을 건드리기 시작하였다. 늦은 밤, 담장 곁에 있는 전신주로 쓰레기를 버리러 갈 때면 쓰레기 더미 위에 앉아 예리한 눈빛으로 나를 노려보아 질겁하게 만들었다. 더 기분 나쁜 것은 그 태도였다. 사람이 가까이 다가가면 다른 놈들은 살살 눈치 보다 도망치는데, 오직 그 녀석만은 미동조차 하지 않았다. 그 오만함이 마음에 들지 않았을 뿐더러 못내 두렵기까지 했다.

어쩌면 녀석은 오로지 자신의 혐오스러운 외형 때문에 내가 이유 없이 미워한다고 억울해할지도 모른다. 당신한테 무슨 해코지라도 하였느냐고 따지고 싶을지도 모른다. 그 마음을 이해 못하는 바는 아니다. 우리 주변에는 호감 가지 않는 외모 때문에 괜한 오해를 받아 억울해하는 사람들이 의외로 많으니까. 그러나 녀석에 대한 나의 미움은 외형뿐만이 아니라 인간을 무시하는 듯한 태도도 한몫하고 있었던 것이다. 아마도 우린 서로 잘못 만난 이웃인 것 같다.

내가 녀석의 종족들을 싫어하기 시작한 건 어릴 적 밤새 그들의 울음소리를 듣는 날부터였다. 그것은 갓난아기의 울음소리와 똑같았다. 그날 엄마는 그런 놈들이 울면 재수가 없다며 새로 이사 가려던 집을 계약하지 않았다. 그때부터 재수 없는 동물로 인식되었던 그 녀석들은 책에서도 공포영화에서도 반드시 복수를 하는 무서운 놈으로 어린 나에게 인식되었다. 게다가 주인에게 맞기라도 하면 신발에 죽은 쥐를 놓아 두었다는 이야기를 듣고부터는 상종 못할 놈으로 결론을 내리고 말았다. 그런 녀석이 이웃이 되어 나로 하여금 쳐다보지 않을 수 없게 만들고 있는 것이었다.

지금 생각해 보니 녀석은 친절하게도 자기가 이사 올 걸 미리 통보했던 것 같다. 정확히 기억나지는 않지만 두세 달쯤 전에 갓난아기 울음소리가 며칠 동안 밤새 집 주위를 맴돌았다. 암놈이 발정기 때 아기 울음소리를 낸다더니 아마도 그때였던 듯싶다. 그렇다면 지금 녀석의 보금자리에는 새끼들이 자라고 있을지도 모른다. 굳이 나에게 피해가 가지 않는다면 그들을 다른 곳으로 쫓으려고 애쓸 필요가 없다는 생각이 들었다. 가끔 쓰레기 더미 위에서 나를 놀라게 하더라도 상관하지 말자며 녀석을 관심 밖으로 밀어내 버렸다.

어느 날 아침, 잠결을 타고 어렴풋이 들려오는 녀석의 울음소리에 단잠을 깼다. 불쾌한 기분으로 자리에서 일어나는데 그 소리가 여느 때 듣던 날카로운 울음소리와 달랐다. 클래식 기타 선율같이 가늘고 애잔한 울음, 마치 모성 본능을 일깨우는 듯한 소리였다. 창문을 열고 밖을 내다보았다. 무슨 연유에서인지 담장 밑으로 새끼 한 마리가 떨어져 어미를 향해 애절하게 울고 있었다. 그 모습을 바라보며 안절부절못하는 녀석의 몸짓이 몹시 안타까워 보여 나도 모르게 밖으로 나갔다. 안간힘을 쓰며 담장 위로 오르려고 하는 새끼를 집어 녀석에게 주었다. 나로서는 대단한 선심을 베푼 것이건만 눈과 꼬리를 곧추세우며 자꾸 으르렁거렸다. 자기 새끼를 어찌할까 봐 그런 것일 거라 짐작은 하면서도 어이가 없어 얼굴을 찌푸리며 녀석에게 주먹다짐을 해 보였다.

다음 날 또 새끼의 울음소리가 들렸을 때는 조금 괘씸했다. '지독하게도 개구쟁이인 놈이로구나' 하는 생각에 창문을 열고 가만히 그들의 행동을 지켜봤다. 이번에는 녀석도 화가 난 것이리라. 가냘픈 울음소리를 거들떠보지도 않고 자기 보금자리로 가서 누워 버렸다. 애가 탄 것은 그 새끼뿐, 다른 형제들도 냉정하게 어미를 따라 들어가 버렸다.

'저런 개구쟁이는 혼 좀 나야 해.'

어미가 다른 새끼들에게 몰래 말했을지도 모를 일이었다. 어쩌면 그들의 냉정함은 교육을 위한 것일 수도 있겠다 싶었다.

바로 그 순간, 여우가 닭을 낚아채 가듯 길 가던 아주머니가 방황하는 새끼를 날름 품에 안고 숲 속으로 유유히 사라져 버렸다. 순식간에 일어난 일이라 어미가 있는 놈이라고 소리칠 틈조차 없었다. 잠시 정적이 흘렀다. 녀석은 아직도 모르는 것 같았다. 꼼짝하지 않고 보금자리에 누워 있었다. 괘씸한 놈, 자기 새끼 잃어버린 줄도 모르는 게 어미라고 할 수 있다는 말인가. 대단하다는 동물의 모성도 별거 아니라는 생각이 들면서 나는 좀 화가 났다.

다음 날 아침, 이번에는 녀석의 울음소리에 잠을 깼다. 며칠 동안 그들의 울음소리에 잠을 설치다 보니 슬슬 짜증이 나기 시작했다.

'귀찮기도 하다. 저 녀석들을 시청에 신고해서 싹 쓸어버릴까 보다.'

어제의 속상했던 마음이 아직도 남아 있었나 보다. 제 새끼 찾는 듯 울어 대는 녀석의 미련함에 소리라도 질러 볼 요량으로 밖을 내다보다가 그만 입을 다물고 말았다. 새끼 고양이가 애달프게 울던 그 자리에서 녀석은 오른쪽 앞다리를 절며 새끼를 찾듯 힘겹게 이리저리 헤매고 있었던 것이다. 어쩌면 자신의 몸도 추스르지 못하는 어미이고 보니 담장 밑에 떨어져 있는 새끼를 물어 올릴 수 없었을지도 모른다. 순간 뒤통수를 얻어맞은 듯한 충격으로 잠시 어지러웠다.

찬찬히 바라보니 녀석은 바짝 여윈 몸으로 나머지 새끼들에게 젖을 물리고 있었다. 녀석에게 미안한 마음이 들었다. 한참을 멍하니 앉아 있다가 냉장고 문을 열었다. 잘 절여 놓은 꽁치 두 마리를 들고 밖으로 나가 그들에게 던져 주었다. 의심이 많은 녀석들의 습성 탓일까? 선뜻 먹이를 향해 다가오지 않았다. 아니다. 아마도 녀석은 갑작스런 내 친절에 의아함이 들었을 것이다. 그래서 경계심을 품으며 먹고 싶어 하는 새끼들을 말리고 있는 것일지도 모르겠다. 그들에게 관심 없는 척하며 집으로 발걸음을 옮기는데 '후다닥' 먹이를 향해 달려가고 있는 녀석들의 발소리가 들려왔다. 이제 녀석과 조금 친해질 수 있을지도 모를 일이었다.

언젠가 녀석들은 올 때처럼 아무 인사도 없이 떠나갈 것이다. 그리고 우린 서로의 기억에서 잊혀지겠지. 하지만 이 별났던 나의 이웃은 살아가는 동안 가끔 한 가지 사실을 나에게 상기시켜 줄 것이다. 그 무엇에든 간에 아무 이유 없는 오해와 편견이 나를 얼마나 부끄럽고 어리석은 사람으로 만드는지를.

가을앓이

가을은 남성의 계절이라고 말한다. 그래서일까, 가을이 되면 바바리 코트를 걸치고 낙엽 길을 홀로 걷는 남성을 모델로 한 풍경들이 그림이나 사진 속에 자주 등장한다. 하지만 친구들과 어울려 놀기 좋아하며 한시도 가만히 있지 못하는 외향적인 남편은 그런 고독한 모습들과는 거리가 멀다고 느꼈었다. 적어도 그날 밤 그 일이 있기 전까지는.

자려고 누워 있던 남편이 옷을 찾아 입다가 나와 눈길이 마주쳤다.

"나 좀 잠깐 나갔다 올게."

"어딜?"

"배고파서 우동이나 한 그릇 먹고 오려고."

아니, 이 밤중에 웬 우동? 갑자기 요즘 남편의 심상치 않은 행동들이 영화 필름처럼 머릿속에서 돌아갔다. 근래 들어 유난히 말이 없어진 그에게 도대체 무슨 말 못할 고민이 생긴 것일까. 돈 문제일까? 아니면 혹시 여자 문제? 결벽증이라 할 만큼 깔끔한 성격을 가진 그였다. 그럴 리 없다는 걸 알면서도 어이없는 생각들이 꼬리를 물고 늘어지자 마음이 불안해졌다.

"왜 옷을 입어?"

"나도 같이 가려고."

혼자 갔다 오겠다는 남편 말을 한 귀로 흘려버리고 따라나섰다. 성큼 성큼 걸어가는 남편을 따라가는 뒤축 닳은 내 신발 소리가 조용한 거리에 울려 퍼졌다. 세상이 온통 내 낡은 구두 소리로 가득 차 있는 듯했다.

"술 한잔할래?"

우동을 먹겠다던 남편은 횟집 앞에서 잠시 서성이더니 이내 그곳으로 들어갔다. 아무 말 없이 남편 뒤를 따라 들어갔다. 우리는 텅 빈 횟집 구석에 자리를 잡았다. 무표정하게 다가오는 주인 얼굴 뒤로 빛바랜 전등이 천장에서 우중충하게 흔들거렸다. 남편이 전어 한 접시와 소주 한 병을 시켰다. 탁자 위는 미역국과 메추리알, 매운 고추를 담은 그릇들로 채워졌다. 허기를 달래듯 연방 남편의 수저가 오갔다.

종업원이 술잔 두 개를 우리 앞에 놓았다. 그가 비어 있는 내 잔에 술을 부었다. 그러고는 자기 술잔에 술을 채웠다. 난 굳이 따라주려고 하지 않았다. 그렇게 소주 두 병이 소리 없이 비워지는 동안 남편의 침묵에 너무도 숨이 막혔다. 도대체 무슨 일이 있는가 묻고 싶었지만, 그의 심상치 않은 표정에 말을 삼키며 애매한 메추리알만 까고 있었다.

종업원이 간간이 보내는 따가운 눈초리에서 이미 영업시간이 지났음을 알았다. 횟집에서 나오니 바람이 제법 차가웠다. 심호흡을 하며 하늘을 쳐다보았다. 달이 없었다. 별도 없었다. 하늘은 마치 무대 위의 검은 장막처럼 금방이라도 땅으로 흘러내릴 것 같았다. 앞서가는 남편의 그림자가 갑자기 낯설었다. 두려움이 어둠처럼 밀려와 얼른 그에게 다가가 팔짱을 꼈다.

두 갈래 길이 나왔다. 왼쪽으로 가면 집으로 가는 큰길이고, 오른쪽은 아파트와 산을 끼고 돌아가는 오솔길이다. 무슨 이유에서였을까. 지금 생각해도 내 행동이 이해되지 않았지만 왠지 그래야만 할 것 같은 마음으로 남편에게 매달려 있던 나의 팔을 풀었다. 그리고 망설임 없이 나는 왼쪽 길로 그는 오른쪽 길로 들어섰다. 자유를 주겠다는 내 무언의 행동을 그도 알아챘을까?

자려고 누웠건만 이런저런 생각에 머릿속이 복잡하여 쉬 잠이 오지 않았다. 애써 잠을 청하는데 '딸각' 문 여는 소리가 들렸다. 갈림길에서 헤어지고서 제법 시간이 흐른 뒤 남편이 돌아왔다. 그리고 아무 일 없다는 듯 잠자리에 들었다.

하루를 무사히 보냈음에 감사하기도 하고 반복되는 일상에 지루하기도 한 날들이 지나갔다. 한동안 미칠 것 같던 나의 궁금증은 다시 평상시 모습으로 돌아온 남편의 행동에 묻혀 바쁜 일정 속으로 숨어 버렸다. 밤바람이 기분 좋게 불던 어느 날, 일을 끝내고 집으로 들어가던 중 그가 산책을 하자고 말했다.

남편은 그 일이 있던 날 밤에 엇갈려 갔던 두 갈래 길에서 오른쪽 길로 나를 이끌었다. 그의 손을 잡고 거니는 오솔길에는 풀벌레 소리가 산

속의 잠든 밤을 깨우고 있었다.

"자세히 들어봐, 풀벌레들이 울고 있어."

대낮에 잘 들리지 않던 풀벌레들 우는 소리가 이렇게 컸었던가 싶었다.

"저들이 우는 까닭은 짝을 찾을 때와 적이 나타났을 때 주위 동료들에게 알리기 위한 거래."

그를 물끄러미 쳐다보았다. 정작 내가 궁금해하고 있던 그날 밤 무슨 일이 있었는지에 대해서 한마디도 하지 않고 풀벌레 이야기만 하는 그가 어처구니없었다. 하지만 오랜만에 밝아진 남편의 목소리를 듣게 된 것이 더없이 반가웠다. 나는 그날 밤 그가 어디서 무엇을 하고 왔는지 묻지 않기로 했다. 굳이 말로 듣지 않아도 그의 마음을 알 것 같았기 때문이다.

마흔을 훌쩍 넘긴 어느 가을. 앞만 보고 열심히 달려온 그는 예기치 않게 찾아온 삶의 허허로움에 지금 몸살을 앓고 있는 중인지 모른다. 이제부터는 그에게도 가끔 혼자만의 시간을 주어야 할 것 같은 생각이 든다. 하지만 그의 외로움의 동반자가 내가 아닌 것에 자못 섭섭해진다. 스멀스멀 온몸에 풀벌레 소리가 기어다닌다.

김선희

귀농 분투기
길안 남자
답글도 써 주세요

sun-hee5697@hanmail.net

귀농 분투기

어느덧 귀농 네 번째 여름을 맞았다. 농사도 꽤 늘었다. 논농사 3년 차인데 우렁이를 넣어 친환경 농사를 짓고 있다. 작년부터 밭에서 수확한 고추와 들깨를 알음알음 서울 사는 지인들이 팔아 주어 소득도 올리고 있다. 서울에 사는 지인과 통화하다 우리 부부가 여기에 올 수밖에 없었던 일이 떠올랐다.

정년퇴직하고 작은 회사에 입사해서 잘 다니던 남편이 갑자기 폭탄선언을 했다. 회사를 그만두고 고향으로 내려가겠다는 것이었다. "그 말 진심이야?" 묻고 또 물었지만 대답은 한결같았다. 무슨 일이 있었는지 알 수가 없었다. 긴긴 세월 직장 생활에 지쳤는지도 모르겠다.

그의 마음을 잘 알지만 2, 3년 더 서울에 살다 내려가자고 사정해도 남편의 뜻은 확고했다. 내가 마음을 바꾸지 않으면 일이 복잡하게 꼬일 것 같았다. 40여 년 성실하게 살아왔으니 이제 쉴 때도 되었다 싶었다. 결혼 이후 남편 덕에 전업주부로 살아온 세월이 고맙기도 했고, 앞으로는 남편이 원하는 삶을 같이 살아가는 것도 나쁘지 않을 것 같다는 생각이 들었다.

막상 고향에 내려가기로 마음을 고쳐먹고 나니 일은 일사천리로 진행되었다. 그러나 우리가 살 집과 딸아이가 살 집, 당장 수입이 없어지니 살아가야 하는 문제 등 여러 가지 복잡한 생각들로 잠을 이룰 수가 없었다. 우선 살던 집을 정리하여 딸아이 혼자 살 작은 빌라를 전세로 얻었다. 우리 부부는 시부모님이 사시던 시골집을 고쳐 살기로 했다.

시골집은 20년 가까이 비어 있었던 터라 허술하기 짝이 없었다. 당장 수리하기로 했다. 이사 날짜가 촉박하니 간단하게 외풍이 심한 안방 창문과 고장 난 보일러를 바꾸고, 도배만 하기로 했다. 서울에서 안동까지 다니기가 쉬운 일이 아니니 전화기에 매달릴 수밖에 없었다. 114에 물어 창호 가게를 물색해 이중창으로 주문하고, 도배지는 업체에서 보내준 사진을 보고 골랐다. 보일러는 무조건 유명 보일러 안동대리점에 일을 맡겼다. 그리고 나니 또 많은 이삿짐 처리가 문제였다.

우리가 시골집을 방문할 때마다 정리는 했지만, 돌아가신 어머님 살림살이가 그대로 있어 40여 년 결혼 생활 동안 묵은 우리 살림이 들어갈 공간은 없었다. 날씨는 점점 쌀쌀해지고, 그 먼 곳에 이삿짐 옮길 생각을 하니 답답했다. 이리저리 궁리 끝에 고향집 이웃에 사는 작은집 창고를 빌리기로 했다.

드디어 서울 생활을 청산하고 고향 안동으로 이사하는 날. 소파와 침대, 우리 부부 옷가지와 이불, 간단한 부엌살림을 따로 포장하여 먼저 차에 실었다. 나머지 묵은 살림은 일단 포장하여 차곡차곡 실었다. 이삿짐

차가 먼저 출발하고, 우리 부부도 이삿짐 차 뒤를 따라 서울을 떠났다. 다섯 시간은 족히 걸리는 거리다.

남편은 회사에 다닐 때도 나중에 시골 가서 살겠다는 말을 가끔 했었다. 그래도 이렇게 갑작스럽게 현실로 다가오리라곤 생각지 못했다. 아무 계획도 없이 두어 달 만에 고향집을 향해 출발하고 보니 막연하기 이를 데 없고, 불안을 넘어 참담한 마음이 들었다. 서울 생활에 실패하여 살길을 찾아 떠나는 나그네 마음이 이럴까? 휴게소에 들러 남편과 점심을 먹으면서도 우리는 아무 말을 하지 않았다. 각자 생각에 골똘했을 것이고, 누구든 먼저 말 꺼내기가 두려웠는지도 모른다.

해가 7부 능선에 걸쳐 있을 무렵 고향에 도착했다. 쥐가 득실거릴 것 같은, 눅눅하여 곰팡내가 나는 작은집 창고에 당장 필요하지 않은 묵은 짐을 먼저 때려넣었다. 5분 거리의 우리가 살 고향집으로 올라와 짐을 내리면서 둘러본 집 안은 다행히 깨끗하게 도배가 되어 있었다. 그것만으로도 안심이 되었다. 부모님이 계실 때 애지중지 키운 당신들의 외아들과 눈에 넣어도 안 아플 손자 손녀를 보고 싶어 하실까 봐 명절이나 생신, 휴가 때면 수시로 다녀서 그런지, 고향집은 서울을 떠날 때 걱정했던 마음과는 달리 따뜻하게 나를 보듬어 주는 듯했다.

시골의 어둠은 빨리도 왔다. 이삿짐 정리가 급해졌다. 이웃에 사는 정서방과 사촌 시동생이 도와 주었다. 짐을 정리하고, 저녁밥은 어디서 무얼 먹었는지, 지금은 기억에 없다. 도시 같으면 짜장면이라도 시켜 먹었겠지만, 이곳은 치킨이나 짜장면은 고사하고 파 한 뿌리도 살 수 없는 첩첩산중이다. 그런 곳에 우리가 살러 내려온 것이다. 자고 일어나 밖으로 나가니 10월의 서늘한 기운이 확 몰려왔다. 서글픈 마음이 들었다. 이십여 가구가 지붕을 맞대고 옹기종기 붙어 있는 마을은 옹색하기 그지없었다.

며칠간 집 안팎 청소와 짐을 정리하고 나는 서울에 올라갈 채비를 했다. 당장 사표를 던지고 내려온 남편과 달리 서울에 연말까지 해야 할 일들이 남아 있었다. 혼자 살아내야 할 남편을 위해 미역국, 북엇국, 된장국을 끓여 통에 담아 냉동고에 넣고, 장조림이며 반찬 몇 가지를 만들었다. 세탁기 사용법을 붙여 두고, 빨래하는 연습을 시켰다. 서울로 다시 올라가야 하는 나 또한 편하진 않았지만, 어쩔 수 없는 노릇이었다. 결혼 후 한 번도 떨어져 살아본 적이 없는 우리 부부. 나는 2, 3주에 한 번 양쪽을 오가며 5개월을 떨어져 살았다.

그 무렵 남편으로부터 해결사라는 별명 하나를 얻었다. 처음 들을 때는 기분이 좋지 않고 생각할수록 화가 났다. 서울 집을 정리해서 딸아이 먼저 이사시키고, 이곳에 우리 이삿짐을 내려놓는 것까지 다 해결하고 나니 홀가분한 기분도 들었지만, 결코 기분 좋은 일은 아니었다. 결혼 후 남편이 직장 생활에 충실한 대신 나는 온갖 집안일과 시부모님 병시중을 해야 했다. 병환 중인 시어머니와의 10년 세월을 뒤돌아보니 버거웠던 몸과 마음에 빛바랜 훈장 같은 별명이었다.

이사 후 첫 설 명절을 서울에서 아이들과 보내고 내 짐을 다 정리하여 남편과 함께 고향집으로 내려왔다. 시골에 내려와 살게 되면서 남편과 약속한 게 하나 있다. 집안일은 내가, 바깥일은 100% 남편이 하기로 한 것이다. 나는 도시에서만 살아왔기에 시골 일은 할 수 없을 거라는 계산에서 나온 약속이었다.

시골의 겨울은 무척 지루했다. 겨울 북풍은 허술한 창문을 뒤흔들고, 고요는 몸을 움츠러들게 했다. 보일러에 전기장판까지 틀었지만, 몸과 마음의 한기는 가시지 않았다. 찬기가 뼛속까지 파고들어 우울했다. 서울과 인연을 끊어야 시골 생활에 적응할 수 있으리라 다짐했던 마음에 후회가 생겼다. 이럴 때는 친구들을 만나 수다라도 떨면 좋을 텐데, 나 혼자만 유배되어 온 느낌이 들었다. 깊은 나락에 빠져 헤어 나올 수 없을 것 같은 공포도 밀려왔다. 온종일 붙어 있고, 삼시세끼 마주 앉아 밥을 먹어야 하는 남편이 위로가 되기는커녕 부담스러웠다. 홀연히 나가 앞 냇가 다리 위를 서성거리기도 하고, 햇볕 좋은 날은 들길을 걷거나 재를 넘어 걸으며 마음을 달랬다.

드디어 봄이 왔다. 하천에 꽝꽝 얼었던 얼음이 녹고, 파릇파릇 새싹이 돋아나니 내 마음에도 살짝 봄기운이 도는 듯했다. 남편은 비닐하우스부터 지었다. 상추와 오이, 토마토를 심어 먹자는 것이었다. 아파트에서 화초를 키워 보았으니 이 정도는 해야지 생각했다. 그런데 날이 풀리자 이웃이 부치던 논밭을 못하겠다고 다 내놓았다. 하는 수 없이 집터에 붙어 있는 큰 밭과 논 하나를 우리가 하기로 정했다. 나는 생각지 못한 일에 당황스러웠다. 그냥 따라 내려와 남편과 살아 주면 되는 줄 알았던 내가 바보였다.

농사를 지으려니 필요한 것이 하나둘이 아니었다. 일단 낫, 삽, 분무기, 예초기, 관리기 등 농기구부터 구입했다. 오이, 가지, 토마토 모종을 사다 심었다. 이웃이 감자를 심으면 감자를 심고, 고추를 심으면 우리도 고추를 심었다. 남편은 농사에 재미를 붙이기 시작했다. 우리 집 밭을 부치던 정 서방은 수시로 남편에게 농사일을 가르쳐 주었다. 농사 경험이 전혀 없는 우리는 누구 도움 없이는 되는 일이 없었다. 관리기 사용법부터 멀칭(바닥덮기), 농약 뿌리는 요령, 파종하는 법 같은 섬세한 일에 이르기까지 가르쳐 주는 대로 따라했다. 그렇게 이웃들과 더불어 우리의 농촌 생활은 시작되었다.

주렁주렁 달리는 토마토와 싱싱한 오이를 보면 감탄사가 절로 나오고, 방금 딴 상추의 쌉싸름함은 입맛을 돋우었다. 넝쿨에 달린 아기 주먹만 한 수박은 어찌나 귀여운지. 계절에 맞추어 감자, 옥수수, 땅콩, 고구마 같은 작물을 정성 들여 가꾸었다. 감자가 나오면 감자, 옥수수를 거두면 옥수수, 사돈네와 혈육들에게 부쳐 주었다. 가을 추수가 끝나자 고춧가루를 빻고 참기름, 들기름도 짜서 보냈다. 마음이 풍요롭고 부자가 되는 기분이었다. 이웃들은 경험도 없으면서 잘한다고 칭찬해 주었다. 첫 농사는 아무것도 모르는 우리에게 힘과 용기를 주려고 풍년이 들었는지도 모를 일이다.

분주한 여름을 보내고 가을 추수철이 되니, 고추 포대라도 넣을 창고가 필요했다. 난방비가 많이 드는 집도 문제였지만, 예산이 부족한 우리에겐 너무 벅찬 일이었다. 그래도 창고는 지어야 했다. 아래채를 털어

내고 창고 두 칸과 주차장 공사를 시작했다. 디딜방앗간과 외양간, 불을 때던 아궁이가 있는 시할머니 방은 긴 세월 방치하다 보니 흙벽으로 바람이 드나들고, 쥐들의 소굴이었다. 아래채 포도나무 아래 펌프로 물을 잣아 올리던 어머님의 모습은 흔적도 없이 사라졌다. 이제 그곳에 조립식 창고가 깔끔하게 들어섰다. 작은집 창고에 맡겨 두었던 책이 담긴 상자며 묶은 이삿짐을 새로 지은 창고에 차곡차곡 정리하고 보니 한결 마음이 홀가분해졌다. 농한기가 되어 이웃들과 모여 놀기도 하고, 가끔 서울 나들이도 할 만큼 여유도 생겼다.

두 번의 추운 겨울을 보내고 농번기가 되기 전 집을 증축하기로 했다. 창은 모두 이중 창문으로 교체하고, 테라스를 터서 거실을 넓히고, 외벽 단열 공사와 전기 공사를 대대적으로 했다. 새 욕실과 다용도실도 만들었다. 싱크대와 벽지는 마음에 드는 색으로 골라 바꾸고 전등까지 교체하니 분위기가 확 달라졌다. 작은집에 맡겨 두었던 장롱과 가구를 가져와 정리하니, 살던 아파트 못지않은 현대식 주택이 되었다. 소파에 앉으면 앞산이 훤하게 보이고, 앞마당의 사과꽃 향이 싱그럽다. 현관문을 열면 만발한 영산홍이 반기고, 단풍나무 그늘 아래 탁자를 내놓고 차를 마시면 누구도 부럽지 않다. 집 안 분위기가 바뀌고 생활이 편리해지니 마음의 평안함이 찾아오고, 즐겁고 행복하다는 생각까지 들었다.

"넌 참 시골에 적응도 잘한다."

"선견지명이 있나 봐. 코로나 시대에 시골 가서 살기를 참 잘했어."

친구들과 지인의 말에 어깨가 으쓱해지기도 한다.

또 창고 옆으로는 작은 공간도 마련했다. 햇볕이 뜨거우면 쉬기도 하고, 이웃이 방문하면 차를 대접하는 장소다. 농사 정보도 듣고, 담소를 나누는데 그만인 곳이다.

작년부터는 집 앞 빈터를 정원으로 꾸미기 시작했다. 복숭아, 자두, 살구, 포도나무 등 유실수와 국화, 백일홍, 접시꽃, 수레국화, 달맞이 등 여러 가지 꽃을 심었다. 아직은 풀이 더 많지만, 몇 년 후 아름다운 정원으로 변해 있을 걸 상상하면 기분이 정말 좋다. 목수국도 삽목하여 두었다. 겨울 동안 하우스에서 키우다가 봄이 되면 정원에 심어 멋진 수국 꽃밭을 만들 계획이다. 이웃과 가끔 외식도 하고, 남편과 장날 구경도 다니며 농촌 생활에 잘 적응 중이다.

남편은 아침이면 자전거를 타고 논을 한 바퀴 돌아보고, 저녁에는 귀농일기를 쓴다. 하루하루의 기록이 가깝고 먼 미래의 좋은 참고자료가 되리라 믿기 때문이다. 농사는 시기에 맞게 심고 거두는 것이 중요하다는 것을 알게 되었다. 이제는 고춧가루와 고소한 참기름, 들기름을 짜는 단골 방앗간도 생겼다. 여전히 하우스 마트에는 오이, 가지, 토마토, 상추가 밭 마트에는 양배추, 파, 당근, 브로콜리가 공짜로 팔리며, 수박, 참외가 익어 내 손길을 기다린다. 애써 농사지어 퍼내기만 하던 것을 줄이니 적게나마 가정 경제에 보탬도 된다.

오늘 아침에는 김장 준비로 배추 모종을 심었다. 무와 총각무, 쪽파는 씨앗으로 파종했다. 모종을 심거나 씨앗을 뿌리는 일은 완전히 나의 일이 되었다. 어제 낮에 따 두었던 고추를 씻어 건조기에 넣고, 수확한

참깨는 비닐을 덮어 건조시키고 있다.

　도시에 살 때와 달리 얼굴은 검게 타고, 손가락 마디는 굵어지고, 자고 일어나면 손이 부어 쑤실 때도 있지만, 이제 농사일도 제법 할 줄 아는 농사꾼이 되었다. 아직도 부족하기만 한 농부지만 으라차차 힘을 낸다. 고향을 지키며 이웃들과 같이 남은 생 건강하게 열심히 살아낼 자신이 있다.

길안 남자

오랜만에 넘실대는 물을 바라보고 있다. 검붉은 흙탕물은 하천을 가득 채우고 금방이라도 다리 교각을 부러뜨리려는 듯 부딪치며 흐르고 있다. 우리 집에서 찻길 하나 건너에 있는 하천은 태풍이 오고 비가 많이 내리면 마을 사람들의 걱정거리가 된다. 물이 넘치면 마을이 피해를 볼 것이고, 하천 건너 들판이 물에 잠기기 때문이다. 20년 전 태풍 매미가 왔을 때는 피해가 심각했었다. 오늘도 밤새 잠을 설칠 정도로 바람이 불고 비가 많이 왔다. 긴 가뭄이 끝나고 해갈이 되어 좋기는 하지만, 농작물이 넘어지고 피해가 속출할 것이다.

청송군 현서면부터 흘러내리는 이 길안천은 골짜기마다 내려오는 물을 보태어 이곳 마을 앞을 지날 즈음에는 폭이 80미터가 넘는 큰 하천을 이룬다. 물은 이리저리 굽이치며 흘러 임하댐 물과 합하여 반변천이 되고, 다시 낙동강으로 들어간다.

집 앞을 흐르는 하천은 민물고기와 다슬기의 산실이다. 꺽지, 동자개, 메기, 피라미 등 각종 물고기와 다슬기까지 사는 길안천은 남자들의 놀이터이기도 하다. 하루 일과를 끝내고 어스름 어둠이 내리면 어깨 장화를 신고 그물을 들고 냇가로 향하는 남자, 이 남자는 그곳의 단골이다.

"또 어디가? 그만 좀 쉬지."

내 앙칼진 목소리에 아랑곳하지 않고 냇가에 다녀와 늦은 저녁 밥상 앞에 앉은 남자에게 또 한마디한다.

"그만 좀 하시지."

"새벽에 묵직한 그물을 들고 집에 오는 기분을 당신은 모를걸."

그나마 올해는 가뭄이 심해 냇가 출입이 적어 애태우는 일이 많지 않았다. 한여름이면 지천이던 다슬기가 보이지 않았다. 청송 상류에서 시멘트 제방 공사를 해 수질이 나빠졌다는 소문이 돌기도 했다. 물고기 또한 마찬가지다. 물이 적으니 하천이 오염되고, 청태가 생겨 미끈거려 다닐 수 없는 지경에 이르렀다.

원래 이곳은 '골부리'라고 불리는 다슬기 맛이 좋기로 유명하다. 나같이 그 맛을 모르는 사람은 잘 구별하지 못하지만, 면 소재지에 가면 골부릿국 식당이 여러 개 있는 것을 보면 길안 다슬기가 유명한 것은 사실인 모양이다.

강변에 살아본 사람이라면 민물고기 매운탕과 부추를 넣고 끓인 다슬깃국을 싫어하는 사람은 없을 것이다. 그렇다고 다슬깃국과 매운탕을 즐겨 해 먹는 것도 아니다. 잡는 재미가 쏠쏠한지 잡아서 깨끗이 손질해 냉동고에 쟁여 두고, 이웃 사람들과 우리 집을 방문한 손님들, 그리고 서울 지인들에게 선물로 주거나 보낸다. 나야 그 일에 관여하지 않지만,

농사일로 바쁜 중에도 쉬지 못하고 새벽부터 잡아 온 것을 손질하느라 시간을 뺏기는 남편을 보면 애가 탄다.

50여 년의 서울 생활을 청산하고 귀향하여 살아가고 있는 이곳. 언제부터인가 나도 무게감부터 다르게 느껴진다. 예전에는 그저 며칠 부모님을 뵈러 다녀가는 손님이었다면, 이제는 다르다. 부모님이 떠나신 이곳을 터전 삼아 살아내야 하는 삶의 현장이 되었다. 귀히 지키고 키워낸 그분들을 생각하면 하나하나가 다 소중해서 애정 어린 책임감 같은 것이 생겼다.

그는 새벽에 일어나 자전거를 타고 논을 한 바퀴 돌아보고, 아침밥을 먹은 다음 더워지기 전에 고추를 딴다. 뙤약볕이 내리쬐는 한낮에는 낮잠도 잠시 자고, 또 이런저런 농사일과 정원 일로 하루를 정말 분주하게 보내는 농부가 되었다.

나는 특히 남자들에게는 귀소 본능이 있다고 생각한다. 이 남자도 늘 버릇처럼 고향에 가서 살겠다고 했었다. 나는 귓등으로 들었는데 이제 세월이 흘러 내 몸이 이곳에 와 있다니 신기할 때가 있다. 오늘도 아침 식탁에 앉으며 "아! 좋다!" 한다. 그가 자주 하는 표현이다. '치! 얄미워. 혼자만 행복해 죽네.' 자기 고향에 와서 사는 것이 저리도 좋을까 하면서 '나는 아직도 적응 중'인데 하고 생각한다.

아마도 이 남자는 빨리 하천물이 맑아지기를 기다릴 것이다. 소란스러운 큰물은 하천을 깨끗이 청소하고, 며칠 지나 물이 맑아지면 다슬기며 물고기들이 생기를 찾을 것이다. 그는 다시 어깨 장화를 신고 자기 놀이터로 출동하겠지.

서울 여자 만나 서울 남자로 살다가 고향에 돌아와 길안 남자로 살아
가는 그는 과연 행복할까?

답글도 써 주세요

영상 통화를 하다 문득 생각이 났어요. 그래서 내가 먼저 말했지요.

"우리 편지 친구 할래? 할 수 있겠어?"

친구는 금방 생글생글 웃으며 아주 명쾌하게 대답했답니다.

"좋아요."

사실은 필요한 물건을 사러 모든 것이 다 있다는 다이소에 가게 되었어요. 한 코너에서 너무나 귀엽고 예쁜 스티커를 보는 순간, 편지를 쓰고 스티커로 예쁘게 장식해서 보내면 친구가 좋아하겠구나 싶었어요. 앙증맞은 온갖 색의 꽃 스티커, 귀여운 동물 스티커, 왕자님 공주님이 있는 입체 스티커, 간식, 과일…. 참 여러 가지가 있더군요. 그중에서 세 종류를 샀습니다.

좋다는 대답을 들었으니 먼저 편지를 써야 하는데 차일피일 미루고 있던 차, 정원에 나갔다가 매화꽃이 핀 것을 봤어요. 핸드폰으로 사진을 몇 장 찍고, 편지 친구에게 자랑하고 싶은 마음이 생겼습니다.

책상에 앉았습니다. 연필을 찾고, 편지지와 봉투를 찾았지만 적당한

편지지가 없었어요. 다이소에서 봉투와 예쁜 편지지를 사지 못한 것을
후회하며 A4용지에 한 글자 한 글자 정성을 다해 편지를 썼습니다.

귀엽고 사랑스러운 우리 수아에게
안녕! 할머니야.
우리 수아 잘 지내지? 지난번에 편지 친구 하겠다고 해 줘서 정말 고
마워. 잘할 수 있지? 할머니는 설레는 마음으로 수아에게 편지를 쓰고
있어. 할머니 집에는 매화가 피었어, 참 예쁘단다. 건강하게 잘 지내라.

안동에서 할머니가

'귀엽고' 앞에는 다람쥐 스티커를, '사랑스러운' 위에는 하트, '매화'에
는 빨간 꽃 스티커를 붙였답니다. 또 '할머니'에는 거위를, 편지 여기저
기 스티커를 붙이고 보니 미소도 지어지고, 조금 어수선하다는 생각이
들긴 했어요. 다음 날 장식을 끝낸 편지를 들고 우체국에 갔지요. 창구
에서 예쁜 우표 한 장을 달라고 했습니다. 그런데 우표가 없답니다. 요
즘은 우표가 없다네요. 그럼 지나간 기념 우표라도 줄 수 있냐고 물으니
역시 없다는 거예요. 예쁜 우표를 붙여 보내고 싶었는데….
"손녀에게 보내는 편지인데요" 하며 우물거리니 편지를 달랍니다. 건
네주었더니 '철컥' 기계로 소인을 찍고 되었답니다. 우편료 520원 지불
하고 돌아서 나오는데 무언가 허전했지만, 친구가 편지를 받고 좋아할
생각을 하니 설레기도 했습니다.

김선희　199

초등학교 2학년이 된 손녀와 편지 친구를 맺고 나니, 답장이 무척 기다려집니다. 의성 산불로 걱정하던 아이들이 안부 차 안동집에 내려왔습니다. 아들은 손녀 답장을 저에게 직접 배달해 주었어요.

앞면은 '응 알겠는대요. 매화가 뭐애요. 바로 말해 주세요.' 맞춤법은 틀렸지만 웃음이 났어요. '네'가 아니고 '응' 대답한 것도 귀엽고, 빨간 코와 눈이 동그란 검은 고양이 그림과 또 '아주 어릴 적에 플로우 영화를 봤어요. 제가 좋아하는 영화이기 때문이에요'라는 글귀는 의젓하게 느껴졌습니다. 첫인사도 끝인사도 없는 편지 뒷면은 아주 근사합니다. 며느리가 붉은 매화 그림을 수묵화로 그려 보냈더군요.

할머니가 되고 하나뿐인 손녀의 편지를 처음 받고 보니 가슴이 뭉클했습니다. 이틀 밤 자고 간다는 아들 편에 답장을 써야겠구나, 생각하니 괜스레 마음이 분주해졌습니다.

예쁜 수아에게

우리 수아 편지를 아빠 편에 받아보고 할머니는 너무 반가웠어요. 매화는 봄에 피는 꽃인데 진한 분홍색이야. 아주 예쁜단다. 핸드폰으로 사진을 찍어 뒀으니 나중에 보여 줄게. 플로우 영화는 할머니가 검색해서 볼게. 오늘은 바람이 많이 불어 춥네. 감기 조심하렴. 사랑하는 우리 수아 잘 지내고, 또 편지하자. 안녕~ 잘 있어.

김선희 할머니가

편지지에 또 스티커를 이것저것 붙였습니다. 수아가 좋아할 것 같은 토끼, 병아리, 다람쥐, 도토리, 노란 꽃, 빨간 꽃…. 그리고 수아 아빠 편에 편지를 보냈습니다.

며칠 지나지 않아 우편으로 두 장의 답장이 왔습니다. 얼마나 반갑던지요. '어떤 그림이 보이나요!!! 꽃도 봤어요.' 귀가 큰 노란 토끼 그림인데 귀와 몸에 세리머니라는 글자가 써져 있더군요 파란 물이 있는 작은 연못과 아주 작은 곰돌이 그림과 함께 '고맙습니다' 인사말도 있네요.

또 다른 것도 그림 편지예요. '라야 영화 알아요? 할머니도 검색해 보세요. 이 고양이 이름은 라라예요. 성별은 남자예요. 귀엽죠?' 계단을 내려온 노란 고양이와 파란 새, 구름, 나뭇잎이 그려진 연필 그림 위로 색칠을 했는데 정성이 느껴졌어요. 글씨 하나하나는 괴발개발이지만 답장을 받으니 무척 기분이 좋습니다. 뒷면에는 '답글도 써 주세요.' 제 엄마의 도움 없이 쓴 대문짝만한 글자로 보니, 우리 수아가 얼마나 기특하던지요.

조금 부족하게 태어나 가족들의 애를 태운 아이, 이름을 수없이 부르며 내 기도의 제목이 된 아이, 아빠 엄마의 피를 말리던 아이가 이제 초등학생이 되고, 숲으로 냇가로 뛰어다니며 자연 속에서 건강하게 커 가는 모습을 볼 때마다 감사가 절로 나옵니다.

어제 시내 볼 일이 있어서 나갔다가 대형 문구점에 들렀지요. 봉투와 함께 편지지를 다섯 종류나 샀습니다. 사자, 토끼, 곰돌이 모양, 수아가 좋아하는 에메랄드색 고양이 모양, 작은 분홍색 진달래가 그려진 편지지를 사 들고 오는 발걸음이 무척 가벼웠습니다.

이제 조금 더 자라서 생각이 깊어지면, 비밀 편지 친구를 하자고 해야겠어요. 제 아빠 엄마가 모르는 비밀도 공유하고, 친구들을 좋아할 나이에도 할머니와 자연스럽게 편지를 주고받으며 정 많은 아이로 자랐으면 좋겠어요. 키도 자라고, 지혜도 자라고, 문장도 늘어 감성이 풍부한 아이로 성장하기를 두 손 모아 봅니다.

얼른 에메랄드색 고양이 편지지에 답글을 써야겠습니다.

김시은

다음 소희
도서관에서
생일엔 국수를
승복

kimsieun6306@naver.com

다음 소희

　영화 '다음 소희'를 보았다. 소희는 춤추는 것을 좋아하는 특성화고등학교에 다니는 학생이다. 졸업을 앞두고 담임은 소희를 대기업에 사무직 실습을 보냈다. 그리고 자신은 이중계약서로 이득을 취한다.

　소희가 실습을 나간 곳은 대기업 통신사의 하청에 하청을 받은 이동통신사 콜센터였고, 소희는 콜센터의 '해지방어팀' 직원이다. 인터넷이나 휴대폰 등의 계약 해지를 요청하는 고객을 상대로 어떻게든 해지를 막는 일을 한다. 대놓고 욕하고, 막말하고, 성희롱을 하는 고객들에게 어떠한 감정도 가져선 안 되고, 회사의 고객 응대 지침서대로 해야 한다.

　콜센터는 매달 목표액을 정해 놓고 실습생들을 프로 직원처럼 일하게 한다. 소희는 매일 야근이다. 통신사는 알고 있다. 정해진 목표는 달성하기 힘든 수치이고, 회사가 실습생들을 착취하고 있다는 것을. 소희에게 계속 성희롱을 해대는 고객 전화를 이어받아 한바탕 말싸움을 벌인 팀장이 그날 자신의 차에서 목숨을 끊는다. 윗선에 이러한 불합리한 내용을 시정해 달라는 유서를 남기고. 그 팀장도 실습생들에겐 가해자였다. 새로 온 여자관리자는 실습생들을 노련하게 다룬다. 채찍과 당근으로 폭력을 가한다. 합법적으로 실습생들을 이용하고 있다.

나는 실업계 고교를 졸업하고 은행에서 일했다. 하루는 담당 대리가 수신고를 올려야 하니 신규 예적금을 다섯 계좌 이상 받아오라고 했다. 가족과 친구들로 주어진 양은 채웠지만, 첫 월급은 할당된 납입금으로 고스란히 나갔다.

얼마 전, 목돈을 단기간 맡기려고 은행에 갔더니 직원이 더 높은 이율을 받을 수 있는 모바일 예금을 권유하며 절차를 도와주었다. 창구에선 가입할 수 없는 종목이 아니었다. 그러곤 추천인에 자신의 이름을 써 달라고 요청했다. 한술 더 떠 청약통장을 만들라고 했다. 2만 원을 납입하고 두어 달 후 해지해도 된다며 부탁하는데, 그 음성에 간절함이 묻어나왔다. 나이까지 들어 보였다. 비정규직이구나 생각하며 통장을 만들었다. 이 사람도 내게는 '소희'처럼 느껴졌다.

소희는 엄청난 스트레스를 받으며 죽고 싶을 만큼 일이 힘들어도 참는다. 받아든 급여는 근로계약서와 딴판이다. 인센티브는 3개월이 지나야 받을 수 있고, 급여는 고작 80만 원이다. 그나마 인센티브는 소희가 회사를 그만두면 받을 수 없다. 회사는 실습생이라는 명목으로 임금을 제대로 주지 않는다. 인센티브는 동기유발용이고, 보험 개념이다. 소희는 새로 온 팀장에게 급여명세서를 내밀며 대들다가 3일간 징계를 받는다.

담임은 소희가 어떤 일을 하는지도 모르면서 회사에서 징계를 받자, 그 탓을 소희에게 돌리며 협박까지 한다. 후배들의 취업은 네 행동에

달렸다고. 나는 너를 믿는다고. 소희는 담임을 만난 후, 절망한다. 이미 죽음의 그림자가 소희를 따라붙고 있다. 소희는 마지막 손길을 부모에게 내민다.

"엄마, 나 지금 일, 그만두면 안 될까?"

"대기업을 아무나 들어가니? 그 좋은 곳을 왜 나와?"

부모는 소희에 대해 아무것도 모른다. 소희가 어떤 일을 하고 있는지, 소희가 춤추는 것을 얼마나 좋아하는지. 가족일수록 서로에 대해 모르는 경우가 많다.

눈발이 날린다. 슬리퍼에 맨발인 소희, 태준을 기다린다. 소희의 단짝 친구로 함께 춤추며 밝게 웃던 태준이는 택배회사를 다니며 늘어나는 일과 동료들의 폭언과 폭행으로 피폐해져 간다. 그러나 자신의 아픔을 아무에게 말할 수 없다. 태준은 오지 않는다. 소희는 강물 속으로 뛰어든다.

회사는 소희의 죽음에 하등 연관이 없다고 한다. 모든 것은 규정대로이고, 죽음은 본인 탓이라 한다. 남은 자들은 동료가 죽어도 개의치 않고 일하고 있다. 학교와 교육청은 실습생의 죽음을 '사회의 구조적인 문제'로 어쩔 수 없는 일이라고만 한다. 학생을 보호하고 지켜야 할 어른들이 책임을 외면해 버린다.

영화를 보는 내내 불편했다. 상담원 너머의 고객이 바로 나였기 때문이다. 스마트폰을 구입하고 한 달이 지나 청구서를 받았다. 구매할 때 약속한 월정액이 아니었다. 콜센터에 전화했다. 전화를 받은 직원은 담당 부서가 아니라며 여기저기로 전화를 돌렸다. 그때마다 전화 건 용건을 설명해야 했다. 통신사는 내가 잘못 알고 있다며 청구 금액이 옳다고 했다.

스마트폰 기기 할부 기간이 끝났는데도 요금은 그대로였다. 콜센터에 문의했다. 통신 요금이 줄지 않는 이유를 그들은 설명했다. 받아들일 수 없는 내용이어서 해지를 요구했다. 상담원은 지금 해지를 하면 내가 받게 될 불이익을 알려 주었고, 그에 앞서 해지보다는 다른 상품 구매를 제안했다. 화가 났다. 팀장이라는 사람이 전화를 돌려받았다. 결국, 나는 해지하지 못했다.

영화는 이동통신사에서 벌어지는 비합리적인 내용을 다루었지만 여기 한 곳에만 한정된 얘기가 아닐 것이다. 현재진행형이다. 실업계고의 현장실습에서 저임금과 장시간의 노동력을 강요당하고 안전 소홀과 폭언, 폭행으로 학생들이 자살하거나 어이없는 죽임을 당하고 있다.

일하다 죽고, 약자가 약하다고 말하지 못하는 현실은 사람이 살 만한 세상이 아니지 않을까. 정의롭지 않다. 우리는 힘든 일을 하고서도 그 가치를 인정받지 못하는 노동자와 젊은이들을 도와야 할 것이다. 공정해야 한다. 그들에게 희망과 용기를 줄 수 있는 실질적인 해결책도 필요할 것이다. 더 이상의 피해는 없어야 하지 않을까!

이 상황이 변화해야 한다는 간절한 바람이 왠지 허공에 흩어지는 것만 같아 안타깝기 그지없다.

도서관에서

　더위에 도시가 녹아내릴 것 같다. 여름은 열기만 퍼 나를 뿐, 바람 한 점 주지 않는다. 사계절이 혼란스럽다. 주범은 지구 온난화, 인간의 이기심에 따른 자연 파괴일 것이다. 앞으로 올 자연의 부메랑이 두렵다. 더위를 피해 도서관으로 들어간다.

　버킷리스트를 만들었다. 그중 하나로 늦깎이 학생이 되었다. 막상 공부를 시작해 보니 소설책을 읽던 어제와는 비교할 수 없는 에너지가 필요했다. 시시포스 신화의 주인공이 된 기분이라면 지나친 엄살일까!

　나는 도서관에 오는 사람들을 좋아한다. 책을 만나는 사람은 자신을 사랑하는 사람이라고 믿는다. 이곳을 찾는 사람들 모습은 다양하다. 수험생들이 제일 많다. 재수생과 취업을 준비하는 사람들, 제2의 인생을 살고 있는 은퇴자들, 도서관으로 출근하는 실업자는 정장 차림으로 와 일간지와 잡지를 뒤지다 가방을 껴안고 엎드려 잔다. 점심시간이 되면 지하 식당에 가서 식사하고 오후 여섯 시면 퇴근하듯 도서관을 빠져나간다. 노숙자도 한 사람 있다. 느지막에 살림살이까지 끌고 와 특유의 냄새로 민폐를 끼친다. 도서관은 이들을 다 포용한다.

출입문에서 가까운 자리에 앉는다. 드나들기 편하고, 열람실의 탁한 공기도 피할 수 있어 좋다. 내 옆자리는 휠체어석인데 이용자가 거의 없어 가방을 놓고 겉옷을 의자에 걸쳐 놓는다. 하루는 늦은 점심을 먹고 오니 좀 전까지 비어 있던 휠체어석에 늙수그레한 남자가 앉아 있었다. 경마 잡지를 펼쳐 놓고 의자에 걸터앉아 다리를 꼬고 있었다. 몸을 내 쪽으로 엇비슷하게 돌려 앉아 그의 시야에 내 자리가 꼼짝없이 잡혀 있었다. 옆 좌석에 대한 예의가 아니었다. 어이가 없었지만 내가 없는 동안 생긴 일이라 아무 말 하지 않았다.

화장실을 다녀온 후 빌린 책들을 정리하고 소지품을 챙겼다. 그런데 반지갑이 보이지 않았다. 좀전에 도서카드를 꺼내고 책 속에 끼워 둔 기억이 생생한데 말이다. 서고에서 열람실로 오는 도중에 흘렸나 싶어 왔던 길을 되짚어 보았으나 허사였다. 오늘따라 볼 일이 있어 여웃돈까지 챙겼는데 기가 막힐 노릇이었다. 도서관 내부에는 CCTV가 설치되어 있었지만 정작 열람실은 사생활 침해 문제로 예외였다.

평소 애로사항이 생기면 부탁하곤 하는 사서에게 내 상황을 얘기하고 도움을 청했다. 갑자기 나타난 휠체어석 남자가 수상하다는 얘기도 했다. 직원이 내려와 내 좌석을 둘러보더니 지갑 찾는 일을 포기하라고 했다. 그동안 이런저런 분실사고가 있었지만 주말에 생긴 사고는 몇 안 되는 휠체어석 주변에서 일어났고, 그때마다 그 남자가 있었다고 한다. 도서관에서는 심증은 가지만 물증이 없어 난감할 뿐이라고 했다.

나는 의자에 맥없이 앉았다. 공부할 기분이 나지 않았다. 옆에 앉은 남자를 바라보았다. 고개를 숙인 채 여전히 경마 잡지만 보고 있었다. 졸고 있나, 나는 의자를 들썩거리며 불편한 심기를 드러냈다. 그제야 남자가 나를 힐끗 쳐다보더니 고개를 돌렸다. 순간, 이 사건은 이 사람의 소행이라는 확신이 들었다. 나는 객기를 부리고야 말았다.

"죄송하지만 제가 무리한 부탁을 할 건데 괜찮을까요?"

"뭔데?"

"아저씨 호주머니에 든 물건들을 보고 싶어요."

남자는 나를 빤히 쳐다보았다.

"그래? 나도 조건이 있는데, 만약 내 호주머니에 아줌마가 찾는 물건이 없으면 내게 무례하게 군 대가로 내가 달라는 만큼 돈을 줄 수 있을까?"

순간, 나의 안색은 풀빛이 되었다. 남자는 보란 듯이 입꼬리를 실쭉 일그러뜨리며 웃었다. 승자의 기쁨인가, 노련한 전사의 여유인가, 예리한 눈빛과 자신감이 후줄근한 옷 속에 숨어 있었다. 나는 여우에게 쫓기는 토끼가 되어 위층 계단으로 뛰어 올라갔다.

가방을 챙겨 밖으로 나왔다. 도서관에서 분실 사고가 생긴다는 사실은 충격이었다. 여기도 사람 사는 세상이니 그럴 수 있지만, 왠지 믿고 싶지 않았다. 따갑던 햇살이 지고 저녁 어스름이 깔리고 있다. 그 어둠의 장막 속으로 용서되지 않는 씁쓸한 마음을 덮어 버리기로 했다. 이 도서관에 정이 많이 들었는데 이제는 예전처럼 들락거리지 못할 것 같다.

그것이 참 아쉽다.

생일엔 국수를

일찌감치 내린 비는 목마른 대지에 생색만 내었다. 한여름의 습하고 더운 공기로 머리가 지끈거렸다. 집 안에서 두통을 참아내기란 쉽지 않다는 것을 알기에 약속도 계획한 바도 없지만 밖으로 나갈 심산이었다. 막 아침 요기를 하려는데 언니가 들어섰다. 예상치 못한 일이었다.

"오늘이 네 귀빠진 날이야. 그냥 지나칠 거 같아서 왔어."

언니는 싸들고 온 미역국과 불고기를 가스불 위에 올렸다.

생일! 신경 쓰지 않고 살았다. 열한 번의 산고를 치른 엄마는 탯줄 자른 생명을 온기 없는 윗목으로 밀쳤다. 울어도 젖을 물리지 않았다 하니 명줄 끊어지길 바랐던 모양이다.

다 자라 끼니 걱정 벗어날 무렵에야 가끔 고기 없는 멀건 미역국이 상 위에 올랐다. 그날이 누구의 생일이었나! 내 인생은 그렇게 무미건조한 시래깃국처럼 덤덤하게 익어 왔다.

회기역에서 전철을 탔다. 마음은 전에 없이 여유로운데 차창 밖 풍경은 빠르게 지나갔다. 오랜만에 언니와 함께하는 외출이다. 십 년 터울이지만 알뜰히 막내를 보살피려는 언니가 언제나 고맙다. 살며시 손을 잡았다. 손의 온기는 예전 그대로인데, 언니의 지난 세월은 굴곡이 많았다. 굵고 거칠어진 손마디와 눈가 주름은 수년간 시어른의 병수발을 맡은 언니에게 주어진 훈장이다. 언니에게서 시들어 가는 등나무 냄새가 났다.

양수리에서 내렸다. 두물머리를 어떻게 가야 할지 망설이다 무작정 길을 따라 걸었다. 평일이라 지나다니는 사람도 없었다. 차들만 먼지를 일으키며 우리를 지나쳤다.

"시은아, 저기 앞서가는 학생들을 따라가 보자. 방향이 같아 보인다."

학생들과 두물머리 둘레길 앞에서 헤어졌다. 땡볕 아래 허우적대며 쫓아온 탓인지 다리가 후들거렸다. 숨을 크게 들이쉬고는 '후~' 뱉었다. 여러 번 반복하고 나니 평안했다.

우리는 막다른 골목으로 들어섰다. 조용한 골목이 심심했던 모양이다. 야무진 꽃망울 산국(山菊) 무더기와 담벼락을 따라 피어난 도라지꽃이 숨바꼭질을 하고 있다. 도라지꽃이 술래다. 산국은 깨진 항아리에 꼭꼭 숨어들고 있다.

강가를 돌았다. 이른 아침 피어나는 물안개와 강으로 늘어지는 수양버들과 해가 지는 모습과 겨울 설경이 일품이라고 했는데, 세월의 무상함에 이전 모습과 흥취는 사라지고 희미한 흔적만 남아 있다.

느티나무 아래 자리를 잡았다. 이곳은 북한강과 남한강의 합수머리다. 강폭이 넓어진 한강의 시작이다. 아득한 곳에서부터 시작된 강물의 흐름을 눈으로 좇았다. 드디어 맞은편 산자락에 이르자 기다렸다는 듯 산그림자가 강물로 뛰어들었다. 자연의 일부인 나도 그 강물에 빠져든다. 물아일체(物我一體)라고 했던가.

내 존재는 인간의 본능을 무심코 받아들인 신의 실수였다. 여인은 당신의 몸을 빌리려는 새 생명을 거부했다. 그 마음이 탯줄을 통해 생명에게 전해졌다. 쓰디쓴 물을 삼키고도 생명은 물러서지 않았다. 여인이 언덕에서 굴러떨어져 의식을 잃어도 생명은 몸피를 줄여 양수 깊숙이 파고들었다. 살아야만 하는 이유라도 있었던 걸까. 그 생명은 양수의 보호를 받은 강의 자식이었다.

양수리역에 도착하니 기나긴 여름 해가 떨어지고 있었다. 전철을 타고 상봉역에서 내렸다. 출출했다. 근처 음식점으로 들어간 언니는 김밥에 칼국수를 주문했다.

"생일에는 미역국과 국수를 먹고, 떡을 해서 나누어 먹어야 오래 살고 좋단다."

서울로 향한 전동차에서 길 떠나는 강물을 바라보았다. 묵언의 한 획을 그으며 유장하게 흐르는 강물 위로 반짝이는 윤슬은 아름다웠다. 나는 약속했다. 질긴 명을 받은 강에게 가치 있는 생명으로 존재하겠다고. 속 깊은 삶을 살아가겠다고.

아침나절의 두통은 말끔해졌다.

승복

'어릴 때 모래밭에서 개미굴 파기 놀이를 했다. 개미들은 제 집이 무너져도 아랑곳하지 않고 눈앞에 있는 일에만 열중했다. 들로 나가던 소가 모래놀이터를 지나가게 되었다. 소가 가고 나니 소 발자국만 남았을 뿐, 개미와 개미굴은 흔적도 없이 사라졌다.'

어느 날 문득 그 놀이가 생각났다. 내가 지금 살고 있는 모습이 어릴 적 그 개미들과 조금도 다를 바 없었다. 한 치 앞도 모르면서 '내일'에 저당 잡힌 오늘을 살고 있었다. 두려웠다. 나도 개미들처럼 어떤 절대적 힘이나 존재로 인해 갑자기 사라지는 것은 아닐까. 어떻게 살아야 할까?

스무 살 여름, 친구와 사찰로 휴가를 갔다. 터미널에서 시외버스를 타고 언양을 거쳐 절 입구에 도착했다. 친구는 불교 동아리 활동을 할 만큼 그 종교에 관심이 많았기에 절집을 찾는 것이 자연스러운 일이었지만, 내겐 낯선 일이었다.

가지산 중턱에 자리 잡은 그 사찰은 비구니들의 참선 수행 도량이었다. 바위 계곡을 지나 골짜기 위에 걸린 구름다리를 건너 일주문으로 들어섰다. 사찰은 하안거 중이었다. 음력 사월 십오일부터 칠월 십오일까지 사찰에 머물며 주로 참선 수행을 한다. 여름에는 비가 많고 벌레들도 성한 계절이라 스님들이 다니며 수행하기가 불편하고, 걸어 다니다가 생명을 밟아 해하는 일도 많아 살생을 금하는 불교에서는 석 달 동안 한곳에 머무른다.

긴 여름 해가 가고 어둠이 왔다. 범종이 울리자 스님들은 잠자리에 들었다. 나는 잠이 오지 않았다. 격자무늬 창 너머 산사의 밤하늘을 보았다. 방안을 기웃거리며 낯선 나그네를 흥미롭게 쳐다보고 있는 달과 눈길이 닿았다.

아스라한 새벽, 청아한 도량석 목탁 소리에 눈을 떴다. 어디선가 사박거리는 소리가 들렸다. 스님들이 가사와 장삼을 입고 새벽 예불을 드리러 대웅전으로 가고 있었다. '순수와 절제'라는 단어가 떠오르는 한 폭의 수묵화였다.

안거 중에는 묵언이 기본이었다. 반복되는 낯선 일상이 지루했다. 삼일 째 되는 날, 친구에게 내려가자고 했다. 그녀는 대답 대신 종무소에 가서 내 가방을 찾아와 한 발 앞서 걸었다. 일주문에 이르자 뜬금없이 내게 손편지를 쥐어 주며 말없이 돌아섰다.

나는 당황스러웠다. 저를 믿고 여기까지 왔는데 혼자 가라니 화가 났다. 한동안 그 자리에 서 있었으나 친구는 나타나지 않았다. 결국, 둘이 올랐던 길을 혼자 터벅거리며 내려왔다. 친구에게 받은 손편지를 가방

에 구겨 넣었다. 버스를 기다리며 바라본 하늘에는 창백한 낮달만 떠 있
었다.

돌아오는 버스에서 친구를 생각했다. 그녀와 함께했던 일들이 파노라
마처럼 지나가다 멈추었다. 친구가 쓸쓸한 표정으로 내게 물었다. 왜 사
느냐고. 나는 선뜻 대답하지 못했다.

이듬해 늦가을이었다. 사무실에서 시외전화를 받았다. 울산에 있는
친구였다. 전화기 너머 숨소리가 무거웠다. 머리를 깎게 됐다고, 한동안
이곳을 떠나 있을 거라고, 네게는 알리고 싶었다고 했다. 순간, 머릿속
이 하얘졌다. 작년에는 절에 남겠다며 나를 당황스럽게 하더니, 이제는
스님이 되겠다고 한다. 갑작스런 일이라 무슨 말을 해야 할지 생각나지
않았다. 긴 침묵이 흘렀다. 뚜~ 시외전화가 끊어졌다.

법정스님의 산사에서 불던 '솔바람 물결 소리'가 도심까지 날아와 신
선한 충격을 주었다. 《서 있는 사람들》 속에서 방황하는 내 영혼을 본
것일까. 자신의 길을 찾아 먼 여행을 떠난 친구가 부러웠던 것일까. 지
인과 함께 스님의 설법을 듣기 위해 법련사를 찾았다. 절은 아담한 한옥
이었다. 대청마루 끝에서 까치발을 하고 스님을 바라보았다. 스님은 검
고 깡마른 구도자의 모습이었다. 스님의 글처럼 따뜻하고 정감 어린 인
상은 아니었다. 그러나 차분한 말씀은 내 안의 숱한 잡념들을 잠재워 주
기에 충분했다. 스님의 법문을 듣기 위해 몇 번 더 법련사를 찾아갔다.

그 후 나는 성당에서 세례를 받았다. 그러나 쭉정이의 삶이다. 신에게

온전히 엎드려 복종하며 따르는 나를 그리워만 할 뿐, 여전히 자기중심적이고 편협한 속내로 살고 있다. 그러면서 가끔 되뇌곤 한다. '왜 사느냐'고 묻던 친구의 물음을.

올여름엔 비가 많다. 빗속에서 하안거를 보내는 친구의 모습이 보인다. 윤기 나는 머리에 회색 승복이 잘 어울린다. 빛을 흡수하는 검정색과 모든 빛을 반사하는 흰색의 양단에서 치우치지 않고 자신의 길을 올곧게 가고 있는 친구가 저기 있다.

송성옥

빨간 대추
술을 빚는 시간
앵두 빛깔 구두
오, 오자씨!

seongok2580@daum.net

빨간 대추

　지금 다락방에 있다. 함석 처마에 바짝 붙어 있는 들창문으로 한 줄기 햇살이 비쳐 든다. 빗금처럼 쏟아져 들어온 빛은 눈이 부시다. 두 손으로 움켜쥐어 보지만 빛은 손가락 사이로 교묘하게 빠져나가 맞은편 벽면에 차르르 쏟아진다. 낮은 다락방이 갑자기 환해지더니 봉구 모습이 언뜻 보였다가 이내 사라져 버린다.

　기역자집 안채는 남쪽을 향했다. 함석 물받이가 이어진 아래채 방에는 두 개의 문이 있었다. 쪽문까지 벽지를 같은 색으로 발라 문인지 벽인지 분간할 수 없었다. 손때로 반질반질해진 어머니 치마끈 같은 짧은 줄이 없었다면 출입구를 찾기 힘들었다. 서너 개 낡은 나무 계단을 올라가면 다락방이었다. 그 아래 아궁이에는 무쇠솥이 있었다. 먼동이 트기 전부터 오빠의 헛기침 소리가 새벽을 먼저 열었다. 소여물을 끓이느라 아궁이에 생솔가지를 지피면 매캐한 연기가 외양간을 거쳐 다락방으로 스며들었다. 늙은 어미 소의 느릿한 방울 소리를 들으며 잠에서 깨어나기도 했었다. 다락방은 어머니의 무명 치마 속처럼 언제나 아늑하고 평화로운 장소였다.

　나른한 봄날 울타리에 연초록 잎이 여기저기 피어나고 마당에 넓은 함지박 안에 볍씨가 어린싹을 틔우고 있었다. 당숙모는 키가 유난히 작은 남자아이를 데리고 왔다. 오빠는 지난번에 봤을 땐 어린애 같았는데 키가 좀 자란 것 같다고 했다. 잿빛 무명 바지에 검정 고무신 위로 파란 양말이 눈에 띄었다.

　그즈음이 계절 중 제일 먹을거리가 부족할 때였다. 당숙모는 밥만 먹여 주고 좀 데리고 있어 달라는 부탁이었다. 오빠는 혼잣말처럼 “쟈가 멀 헐까? 밥값이나 할랑가 몰라” 하며 마지못해 승낙하는 것 같았다. 내심 돌아서서 후회하는 것 같았지만 벌써 당숙모는 치맛자락 휘날리며 저 아래 재실 앞을 내려가고 있었다.

　“이름이 뭣이냐?”

　“봉구랑게요.”

　“볍씨를 밭쳐야 하니께, 이리 와서 소쿠리 좀 잡아 주었으면 쓰것고만.”

　“알것구만요.”

　고사리 같은 손으로 소쿠리를 잡으니, 오빠는 재차 몇 살이냐고 물었다. 겨우 열세 살이라고 했다. 나보다 나이가 위지만 성장이 멈춘 것처럼 키가 워낙 작아 나도 이름을 불렀다. 소쿠리 위로 봉구 머리통이 유난히 크게 보였다. 다시 보니 조막만 한 얼굴에 앞이마 역시 보통 사람보다 훨씬 튀어나왔다. 봉구는 앞니를 드러내며 히죽이 웃었다. 그렇게 봉구는 한식구가 되었다.

봉구는 소를 동산에 끌어다 매어 주는 일부터 거들기 시작했다. 키는 작지만 눈치가 빠르고 바지런했다. 된장찌개와 무쇠솥 밥 위에 찐 호박잎으로 고봉밥을 순식간에 때려눕혔지만, 쇠죽도 잘 끓였다. 땅에 닿을 것 같은 지게에 쇠꼴을 한 짐 지고 골목에 들어서면 아이들이 뒤를 쫓아오며 "앞으로 갔다 똥내미 뒤로 갔다 똥내미" 하며 놀려댔다. 보리밭에 새 쫓듯 봉구는 아이들을 향해 씩씩거리며 지게 작대기를 휘둘렀다. 그때부터 우리 가족들은 봉구가 없는 자리에선 똥내미로 불렀다. 어쩌다 동네 청년들이 실없는 소리를 할라치면 째려보는 눈빛이 다부지게 살아 있었다. "저놈이 눈 값은 헐 것이여"라며 오빠는 가끔 칭찬인지 역성을 드는 것인지 말하곤 했다.

여름밤, 늙은 소는 고단한 눈빛을 삭이며 되새김질하고 있고, 봉구는 모깃불을 피웠다. 쑥 냄새가 마당을 휘돌아 나갈 때까지 봉구는 평상에 누워 쏟아지는 은하수를 바라보다 모깃불이 다 사그라질 즘에야 다락방으로 들어가곤 했다.

얼마 후 산그림자가 저 아래 큰 밤나무를 돌아갈 즈음이었다. 사립문을 나오면 언덕진 곳에 대추나무 한 그루가 있었다. 아래에는 솔(부추)이 포물선을 이루며 초가을 바람에 흔들렸다. 다랑이 논둑에 하얀 구절초가 흐드러지게 필 무렵이면 대추가 붉게 익어 갔다. 나는 나무에 올라가 대나무 장대로 대추를 땄다. 땅바닥에 수북하게 대추가 떨어졌다. 밭일하고 돌아오던 봉구는 지게를 길옆에 세우더니 주섬주섬 대추를 골라

주머니에 넣었다. "왜 좋은 것만 가져가는 것이여. 야, 앞으로 갔다 뚱내미 뒤로 갔다 뚱내미야" 하며 들고 있던 장대로 봉구를 내리쳤다. 봉구는 토끼 같은 흰 이빨을 드러내곤 헤헤거리며 웃더니 장대를 잡아채며 밀고 당겼다. 내 힘으로는 당해 낼 수가 없었다.

순간 갈라졌던 장대 끝이 내 왼쪽 팔꿈치에 꽂혀 버렸다. 족히 십여 센티는 들어가 살가죽이 불룩 나왔다. 너무 아파 견딜 수가 없었다. 나는 큰 소리로 엉엉 울면서 어쩔 줄 몰라 했다. 봉구는 정신없이 집으로 뛰어가 어머니를 모셔 왔다. 둘 다 호되게 야단을 맞고 병원에 가서 치료를 받았다. 그 밤 내내 다락방은 쥐 죽은 듯 고요 속에 묻혔다.

날이 밝자 봉구는 붉은 맨드라미가 다문다문 피어 있는 뒷마당으로 나를 불러냈다. "많이 아파?" 하며 빨간 대추를 한 움큼 내 손에 쥐여 주고는 목 언저리까지 빨갛게 달아오른 채 쏜살같이 사립문 밖으로 뛰어 나갔다.

다음 해에 나는 전주에서 중학교에 다녔다. 어쩌다 내가 고향집에 가면, 봉구는 소를 몰고 동산에 올라가서 한참씩 내려오지 않고 먼 하늘만 바라보고 있었다. 그날도 따가운 햇볕이 수그러지길 기다리며 대추나무 밑에서 서성대던 봉구가 온데간데없이 보이질 않았다. 있을 만한 곳을 다 찾아봤지만, 찾을 수가 없었다.

오빠는 이슬이 개기도 전에 어깨에 삽을 메고 논두렁에 물꼬를 보고 들어왔다. 어쩐 일인지 봉구가 보이지 않았다. 동산에 가 있어야 할 소가 아직도 그대로 마당에 있었다. 아침상이 들어와도 봉구는 나오질 않았다. 다락방을 올라갔더니 등에 서늘한 냉기가 감돌았다. 늘 걸려 있던 옷가지도 없었다. 봉구가 나가 버린 집 안은 한동안 텅 빈 집처럼 허허롭기 그지없었다. 몇 개월 후 내가 다니는 학교에서 그리 멀지 않은 카센터에서 봉구가 잔심부름을 해 주고 있다는 소문이 들려왔다.

전날 고향집에 내려오던 길이었다. 용머리고개 카센터 앞에서 내 자동차가 적색 신호등 앞에 서 있었다. 무심히 시선이 머문 곳은 카센터였다. 자동차 보닛을 열고 바쁘게 오가는 남자가 눈에 들어왔다. 위아래가 붙은 작업복에 기름때가 묻어 얼룩덜룩했지만 어쩐 일인지 내 눈에는 근사하게 보였다. 봉구보다 키가 한 뼘은 족히 커 보이고 배도 불룩 나왔다. 하마터면 차창 문을 내리고 "봉구야!" 하고 부를 뻔했다. 빨강 신호등이 마치 봉구가 내 손에 쥐여 주었던 대추로 보였다. 흠칫 놀라 신호가 바뀌자마자 미끄러지듯 용머리고개를 지나왔다.

다락방은 어디를 둘러봐도 예전 그대로다. 봉구가 작은 몸을 누이고 밖을 내다보았을 작은 창문으로 사립문 옆 대추나무에 빨갛게 익어 가는 열매가 다문다문 보인다. 저녁 하늘빛이 봉구의 목덜미처럼 물들기 시작한다. 안채에서 들려오는 시끌벅적한 가족들 웃음소리에 애써 상념을 털어낸다. 오빠가 생전에 좋아하던 홍어전 냄새가 부엌 문지방을 넘어 온 집 안에 떠돈다. 먼 산 너머로 떨어지는 붉은 해를 등지고 나는 다락방 계단을 내려간다.

술을 빚는 시간

    고속도로는 휴가철 차량이 몰려 가다 서기를 반복하더니 익산 요금소를 코앞에 두고 아예 서 있다. 주차장이 되어 버린 도로 위에서 나는 마음만 바쁘다. 친정 가는 길은 더욱 그렇다. 오늘은 아버지가 떠나시고, 마흔 번째 기일이다. 차창 밖으로 보랏빛 엉겅퀴가 무리를 이루며 아른거린다. 고향 들녘에 핀 엉겅퀴는 올해도 여전한데 그리운 아버지는 어디에도 계시지 않는다. 자동차에 실은 막걸리통이 저 홀로 춤춘다. 출렁대는 소리와 솔솔 풍기는 냄새에 흠뻑 취할 지경이다.

    해마다 그랬듯이 올해도 아버지 제사상에 올리려고 막걸리를 빚었다. 생전에 어머니 손맛을 흉내 내보려고 했지만 아무래도 그 맛을 재현하기는 나로서는 언제나 역부족이었다.

    어머니는 솔잎을 넣어 술을 빚기도 했는데 솔향이 배어나는 막걸리 맛이 일품이었다. 찹쌀 알갱이가 동동 뜬 동동주는 옅은 미색(米色)이었다. 어머니가 담근 술은 혀에 쩍 들러붙도록 맛나다며 아버지는 좋아하셨다.

친정 동네에는 물맛 좋기로 소문 자자한 우물이 있었다. 아무도 일어나지 않은 새벽에 어머니는 정갈한 마음으로 물을 길어 와 술을 빚었다. 푸르스름한 새벽이 밝아 올 때쯤이면 윗목에 놓인 항아리 안에서 술이 익어 가는 소리가 들려왔다. 보글거리는 방울이 모여 꽃잎이 생겨나고 한 잎씩 튀어오르며 터지는 모양새를 보면서 나는 잠을 털어냈다. 차르르 차르르 톡톡…. 시간이 흐르고 그리움이 쌓여서 곰삭을 때까지 그 소리는 노래처럼 계속되었다.

어머니 솜씨만큼은 아니지만, 이번에도 술이 잘 익었다. 대나무 용수를 박아 약주를 먼저 떠내고 막걸리를 걸렀다. '술이 아주 잘 되었구나.' 금시라도 아버지께서 사발을 들고 들어설 것만 같다.

예닐곱 살쯤이었다. 아버지가 텃논에서 소를 몰아 쟁기로 논을 갈다가 하얀 무명 바지에 진흙이 잔뜩 묻은 차림으로 논두렁에 앉더니 노란 양은 주전자를 내 손에 쥐여 주며 막걸리 한 되를 사 오라고 했다. 성정이 급하신 아버지는 늘 "담박질해서 갔다 오라"며 재촉했다. 그것도 술값은 늘 외상이었다.

작은 논배미에 가득한 홍자색 자운영꽃이 봄바람에 춤을 추듯 한들거렸다. 방죽길을 따라 다문다문 피어 있는 작은 들꽃을 보며 걷다 보면 사거리에 걸치기 주막집이 보였다. 주막집 기둥에 바짝 붙은 가죽나무는 새순이 무성하게 자라 있었다. 세월의 흔적을 말해 주는 나무 문짝 서너 장이 빛바랜 황토벽에 기대어 있었다. 가게 안에는 전깃줄에 매달린 백열등이 거미줄로 촘촘하게 엉긴 채 머리에 닿을 듯 내려와 있었다.

귀가 어두워서 먹보라고 부르는 주막집 아저씨는 회색 저고리 무명 바지를 입고 있었다. 아저씨는 핫바지 허리춤에 오른손을 꽂아 넣은 채 주전자를 들고 서 있는 나를 사정없이 째려보았다. 허연 눈동자를 위아 래로 휘돌리면서 "또 외상이냐?" 하며 특유의 목소리로 비아냥거렸다. 빡빡 밀은 머리를 좌우로 흔들며 기차 화통 같은 소리를 질러댔다. 나는 먹보 아저씨가 너무 무서워서 눈도 맞추지 못했다. 그렇지만 포기할 수 없었다. 빈 주전자를 들고 돌아갔다가는 아버지 불호령이 떨어질 게 뻔 했기 때문에 가게 앞을 서성일 수밖에 없었다.

서로 눈치를 보며 힘겨루기를 했다. 먹보 아저씨는 한참 후에 나와서 양은 주전자를 채 가듯 빼앗아 갔다. 입으로는 툴툴거리며 가게 안쪽에 묻어 놓은 독을 열고 바가지로 휘휘 저어 막걸리를 퍼 담아 주었다. 술 값 빨리 갚으라는 먹보 아저씨의 윽박지르는 소리를 등에 매달고 나는 줄달음치듯 주막을 벗어났다.

아버지는 외출하는 날이면 참새가 방앗간을 그냥 못 지나듯 으레 내 집처럼 주막에 머물렀다. 걸치기 주막에 앉아 동네 사람이라도 마주치 면 형님이든 아우든 누구든 간에 한잔하고 가라며 붙잡곤 했다. 해가 서 산에 넘어가고 어둠이 짙게 깔려야 아버지는 겨우 일어나 집으로 향했 다. 이미 거나하게 취한 아버지는 동네 어귀 밤나무 옆을 지날 때면 어 김없이 노래를 불렀다. 우리 집 메리가 가장 먼저 알아차리고 짖어대며 아버지의 외로운 푸념에 동행했다.

아버지는 힘든 농투성이의 한을 막걸리잔에 담아 풀어내셨다. 그렇게 아버지가 외상술로 시간을 삭이는 동안 가을걷이를 마친 큰오빠는 방앗간에서 벼를 찧어 집으로 오기도 전에 걸치기 주막집을 들렀다. 푸념 한마디 못하고 쌀가마니를 주막에 내려 주고 와야 했다.

부지런하신 아버지는 새벽 먼동이 트기 전에 하루를 시작했다. 그런데 이상하게도 그날은 내가 학교에 갈 시간까지도 일어나시질 않았다. 어머니는 걱정하지 말고 얼른 학교 다녀오라고 했다. 학교를 마치고 나오니 비가 오락가락했다. 버스터미널에서 침통한 얼굴을 한 친지를 만나 아버지 소식을 들었다. 다리에 힘이 풀려서 서 있을 수가 없었다. 아침에 주무시던 아버지 모습이 마지막이 될 줄이야….

후텁지근한 늦여름 자박거리는 빗길을 시내버스는 느리게 달렸다. 차창 너머로 방죽길을 따라 거나하게 취한 아버지 모습이 어른거렸다. 젖은 들판을 배경 삼아 아버지는 어디론가 멀리 떠나고 계셨다.

동네 어귀에 들어서니 지붕 위에 아버지 적삼이 올려져 있었다. 대문 옆에는 저승사자가 먹을 밥과 나물, 짚신도 보였다. 앞마당에는 차양이 펄럭이고 동네 사람들은 막걸리잔을 주고받으며 삼삼오오 모여 있었다.

출상 날이었다. 굴건제복을 입은 큰오빠를 선두로 형제자매들은 생전에 효도하지 못한 회한의 눈물을 쏟으며 상여를 따랐다. 동네 사람들도 뒤따르며 슬퍼했다.

한평생 살아온 정든 마을을 뒤로 하고 큰 밤나무 앞을 지나 걸치기 주막집 앞에서 노제를 지냈다. 째려보던 먹보 아저씨도 그날만큼은 막걸리를 넘치도록 잔에 붓더니 상여 앞에 엎드려 울먹거렸다. "형님! 한잔

허고 가시어라. 막걸리 생각나믄 또 오시오, 잉." 막걸리 사발을 들고 벌컥 벌컥 들이켜는 아버지 모습이 만장 행렬 속에 보였다가 사라지곤 했다.

앞소리꾼은 이별가로 아버지의 삶을 하나하나 풀어냈다. 요령을 흔들며 오장에서 토하듯 지르는 소리는 가슴을 저미듯 파고들었다. "친구 하나 삼았더니 술만 먹고 잠만 자네." 앞소리꾼의 소리를 받아서 "어노 어노." 상여꾼들의 소리가 이어졌다. 오색 만장이 술 취한 듯 흔들거리며 바람을 탔다. 꽃상여는 앞으로 갔다가 뒷걸음질을 치며 떨어지지 않는 이승에서의 마지막 발걸음을 더디게 걸었다. 매미의 진혼곡 소리가 늦여름 산야를 지루하게 울리고 있었다.

고향은 매년 들를 적마다 조금씩 변화한다. 마을은 그대로인데 낯선 건물이 들어서 있거나 도로가 넓게 뚫려 어리둥절하게 한다. 하지만 방죽을 따라 이어진 들판에는 올봄에도 자운영꽃이 피고 개구리 울음소리 여전하다. 눈대중으로 찾은 걸치기 주막 앞에 차를 멈춘다. 주막은 온데간데없고 늙은 가죽나무에 이파리만 무성하다. 핫바지 허리춤에 손을 끼고 매섭게 나를 째려보던 먹보 아저씨는 어디 갔을까.

살다 보면 느닷없이 그리움이 사무칠 때가 있다. 차곡차곡 쟁여 놓은 그리움이 기다림의 시간으로 곰삭는 일이 내게는 술을 빚는 시간이다.

멀리 고향집이 눈에 들어온다. 팔순을 넘긴 올케가 불편한 걸음걸이로 달려나온다. 뭉근하게 익은 막걸리 냄새가 먼저 고향집 대문을 들어선다,

앵두 빛깔 구두

구두를 샀다. 잘 익은 앵두 빛깔이다. 새 신을 신고 서성여 본다. 똑, 똑, 똑, 구둣발 소리가 맑고 경쾌하다. 흘러간 노래를 흥얼거린다. 현관 거울 속 앵두 빛깔 슬링백 구두 위로 나비가 나풀거리는 듯하다. 하지만 밖에는 아직 신고 나가지 못했다. 땅에 달라붙는 듯해서 좀처럼 적응이 되지 않아서다.

신발장을 열어 본다. 나란히 줄 선 구두들이 열대여섯 켤레쯤 있다. 하이힐이 대부분이다. 굽 높은 구두를 신으면 허리가 쫙 펴지고 하늘빛을 잡을 듯 당당했다. 땅에 끌릴 듯한 나팔바지를 입고 외딴 길을 걸어 보기도 하고, 큰 건물을 우러르며 거리를 활보했다. 지금 생각해 보면 가슴 가득 엽록소를 품고 다니던 때였다.

이젠 그 시절로 돌아갈 수 없을 만큼 멀리 와 버린 듯하다. 저 많은 구두를 어찌해야 하나, 갇혀 있는 것들을 보자 꽃이 지고 있는 것을 거부해 버리고 싶은 충동이 인다.

감청색 구두는 여전히 산뜻하고 도전적인 모습이다. 그 옆으로 금장

굽 포도주색 구두도 야리야리해 여전히 사랑스럽다. 저 베이지색 뱀피 구두는 어떻고. 한때는 유행의 첨단을 누렸던 구두다. 뱀띠인 내가 생일날 나에게 선물한 구두였다. 쪽배를 닮은 갸름한 앞볼과 발등까지 덮인 구두도 이젠 한때 유행이었다는 것만 알려 줄 뿐이다. 통굽이라 편하게 신고 다닌 구두였는데 말이다.

사회 초년생 때 처음 신어 본 하얀 에나멜 구두가 생각난다. 굽은 높지 않은데 볼이 좀 넓은 편이었다. 먼지나 빗물이 묻으면 물수건으로 닦아 내며 늘 정갈하게 신었다. 고향을 떠나 외로운 서울살이에 눈물 훔치던 순간들을 보이지 않으려 하며 살아온 것 같다. 어느 날 건널목을 급히 건너다 넘어져 뒷굽에 패인 상처가 났다. 살이 찢어진 것처럼 아렸다. 흰색 구두는 점차 시간에 부대끼며 누렇게 변해 갔다.

구두를 맞춰 신던 시절부터 하이힐을 즐겨 신었다. 한참 뒤에 유명 브랜드들이 속속 나왔다. 다양한 구두가 진열장에 장식되어 있으면 자세히 응시하며 갖고 싶은 욕망에 사로잡히곤 했다.

앞코가 뾰족한 윙클 피커즈 구두는 세련된 기성세대를 향한 반항심에서 나왔다고 한다. 그 시절을 떠올리며 반항의 표현은 곧 유쾌한 젊음의 상징이었음을 안다. 새로운 구두를 보면 난 아직도 가슴이 설렌다. 그래서 구두는 최고의 예술품 중 하나라고 생각하는지 모른다. 발등이 파인 구두는 등이 파인 옷을 입은 것과 같다고 하며, 끈으로 된 구두 사이로 보이는 뒤꿈치는 숨겨진 간절함을 드러내는 것이라고 누군가 말했다. "상심한 사람은 구두를 사세요"라는 말이 떠돌 만큼 새 구두는 처진 감정을 띄워 주었다. 하이힐은 발목과 종아리를 적당히 긴장시켜 긴 다리를 돋보이게 하고 자신감을 높여 주는 활력소 같은 것이었다.

꼭 맞는 구두를 신고 다니다가 저녁에 집에 오면 발등이 부어오르기도 하고 물집이 생기기도 했다. 발을 주무르고 다리를 벽에 높이 올린 채 잠이 들기도 했지만 견딜 만했고, 결코 그 정도로 굽 낮은 구두를 신고 싶지 않았다. 모임이나 결혼식에도 굽 높은 구두는 필수였다. 멋도 멋이지만 다른 사람 시선을 생각하고 그게 격식에 맞는다고 생각했다. 나이가 들어 무릎이 시큰거릴 땐 구두를 가방에 담아 가는 촌극을 벌이기도 했다. 예식장 화장실에서 바꿔 신고 걸으면 이내 발이 욱신거리던 기억이 생생하다. 돌아보니 자존심을 지키려는 방편이었는지도 모르겠다.

이제는 정장보다 세미 정장이 좋고, 낮은 굽에 눈길이 먼저 간다. 그런 옷차림에 운동화나 단화로 포인트 주는 것도 나쁘지 않다는 생각이 든다.

길을 걸어가는 데는 각각의 신발이 있다. 어찌 보면 하이힐도 운동화도 사람을 지고 시간을 걷다 사라진다. 사람도 역시 삶을 지고 가는 짐꾼이 아니던가.

앞으로 앵두 빛깔 구두도 내 몸무게를 지탱하고 오래 걸어야 하겠지. 나와 함께했던 저 구두들은 또 어떤 시간이 남아 있을까? 올리브그린 레이스가 달린 하늘하늘한 시폰 원피스를 차려입는다. 앵두 빛깔 단화로 나만의 멋을 내보련다. 뾰족한 앞코에 발을 살포시 넣어 본다. 조금은 좁게 느껴지지만, 기분은 좋다. 내 마음처럼 땅 가까이 낮아진 앵두 빛깔 슬링백 구두를 신고 봄 처녀처럼 사붓사붓 걸어나간다.

오, 오자씨!

골목길을 걷는다. 좁은 오르막길에 작은 횟집들이 모여 있다. 그중 한 곳이 오자가 서빙하는 수산 횟집이다. 발걸음이 가볍다. 그녀를 생각하면 처졌던 몸이 저절로 쌩쌩해진다. 그녀의 이름은 따로 있지만 난 오자라 부른다. 육십을 갓 넘었을 그녀를 보면 O자가 떠오른다. 무엇보다 너부데데한 얼굴이 O자를 연상시킨다. 두 다리 연골이 닳아 안쪽으로 휘었지만 넓은 품을 가졌다.

노인성 난청이란 진단을 받은 난 며칠간 우울했다. 일흔을 바라보지만 마음만은 아직도 이십 대인데 무릎도 아프고 피로도 자주 느낀다. 살아오는 동안 쉬지 않고 몸을 부린 탓일 것이다. 우울한 기분이 들 때 그녀를 만나면 어떤 흥미로운 이야기로 한바탕 웃게 될까? 기대된다. 횟집 안으로 들어갔다. 나를 보자마자 두 손을 번쩍 들며 통통한 몸집에 가무잡잡한 얼굴로 호탕하게 끌어안는다.

창가 쪽 빈 테이블로 가서 앉았다. 오늘도 그녀는 바쁘다. 손님들을 향해 활발하게 말하는 그녀의 빨간 입술이 오늘따라 더 튄다. 휜 다리로 종종거리며 다니는 것을 보니 마음이 자꾸만 겸손해진다.

그녀가 놓고 간 채소 접시가 슬라이딩해서 저만큼 간다.

"내 머리 튀쟌애?"

오자가 가다 말고 돌아보며 머리를 매만진다. 노랗게 물들인 머리가 산수유꽃을 닮았다. 텔레비전에서 본 '세상에 이런 일이'에 나왔던 빨간 머리 부부처럼 그녀도 샛노란 머리로 염색을 했다. 저 나이에 저렇게 할 수 있는 사람이 몇이나 될까. 어느새 그녀가 회 한 접시를 가져다 놓았다.

"언니, 요새 부실이가 최고여. 묵으면서 혼자 바다를 좀 느껴보랑께."

왠지 부실할 것만 같은 회를 먹어 보니 색다른 차진 맛이다.

오래전 나의 한 시절이 떠올랐다. 막다른 골목길 조그만 한옥에서 결혼 생활을 시작했다. 홀시어머니를 잘 모셔야 했고, 아내 역할을 잘해 내고 싶었고, 좋은 엄마가 되고 싶었다. 그게 잘사는 모습이라 생각하며 옆도 뒤도 보지 않고 앞만 보고 달렸다. 앞마당 수도에서 밤새도록 '똑 똑' 물이 떨어져 통에 가득 차면 거저 얻은 것 같았다. 꼬박꼬박 나오는 남편 월급봉투가 너무 소중하고 고마웠다. 행복의 척도는 다 다르겠지만, 통장이 하나씩 늘어갈 때마다 그것이 행복의 전부라 생각했다.

결혼 생활 10주년 즈음이었다. 어디라도 좋으니 하루만이라도 대문 밖으로 나가고 싶은 충동이 일었다. 나는 누구인가? 나를 위해 살았던 시간은 있었던가? 이름 석 자를 묻어 두고 살아온 세월을 돌아보았다. 그때 오자가 불쑥 다가와 말했다.

"언니, 삼십만 원짜리 영양 크림 바른 얼굴 어때? 루주도 비싼 건디,

이뻐?"

그녀의 입술이 담장을 넘으려는 장미처럼 붉다.

"예뻐. 그렇게 비싼 화장품을 발라?"

"내게 주는 선물이야."

서빙을 하며 고가 화장품을 쓰는 게 이해되지 않았지만, 열심히 일해서 돈 벌고 자기한테 거침없이 쓸 줄 아는 오자가 부럽기도 했다.

손님이 좀 뜸해지자 그녀가 내가 앉은 테이블로 왔다.

"언니, 쉬는 날 을왕리에서 멋진 남자를 봤는디 썸타고 싶더랑께. 근디 눈길 한 번 안 주드마잉. 이젠 여자로 안 보이는가?"

그녀는 천연덕스럽게 웃다가 한숨을 길게 내뱉었다. 그래도 바다가 있고 바닷바람이 좋다는 오자 말 속에는 많은 사연이 담겨 있다. 흥미롭고 외설스럽고 때론 세상을 끝장낼 것처럼 억척스럽게 말하기도 했다. 천일야화가 떠오를 만큼 살아온 이야기가 끝없이 봄 물결처럼 넘실거렸다. 고통을 모르면 기쁨도 슬픔도 알 수 없다고 누가 말했던가. 말이 많은 사람은 속이 허해서라는 말이 떠올랐다.

한때는 수천 개의 바람을 잡으려고도 했지만 손에 잡히는 바람은 없었다며, 오자는 조급한 바닷바람이 가슴을 할퀴고 지나간 시간을 돌아보는 듯했다. 호락호락하지 않은 바다. 자신이 한없이 작아지는 바다가 닮고 싶다고도 했다. 새삼스럽게 나도 바다에 가 보고 싶어졌다. 하지만 거대한 바다는 나를 휘감고 어디론가 데려가 버릴 것 같은 공포가 들었다. 무거운 적막을 드리우고 바다 끝은 하늘과 만난다. 그것만으로도 내

가슴은 두방망이질 쳤다. 그런 바다에서 그녀는 스스로 길을 내며 걸어가는 사람인지도 모르겠다.

오자의 노랑머리에 햇살이 스민다. 유리창 안으로 비쳐 든 봄빛을 받으며 언제 봄이 왔는가 싶게 실감한다. 안간힘을 쓰며 창가까지 올라온 연초록 잎사귀가 해설프기만 하다. 봄꽃을 전해 주는 봄이, 빈손으로 가는 봄이, 오늘따라 더 해맑다.

"막걸리 한 사발에 행복 쭉!"

술잔을 내 잔에 부딪치고는 단숨에 들이켠다. 한두 잔이 주량인 나와는 달리 그녀는 술꾼이다. 그러고는 휜 다리를 주무르며 히죽이 웃는다. 오자는 사막을 걷는 낙타처럼 자신에게 주어진 삶을 잘 살아가는 것 같다. 시간은 찰나라고 누가 그랬던가. 그녀와 마주한 나는 '여기 있음'을 느낀다.

"내일 쉬는 날인데 바닷가 갈래 언니?"

그녀가 불쑥 말한다.

"손자를 봐야 하는 날인데…."

"어휴, 못말려유" 하며 다른 테이블로 가 버린다.

'오, 오자씨!'를 읊조리며 부실이 회 한 점을 다시 먹어 본다.

느티나무문우회 발자취

창립 경위

- 서울시민대학(광화문빌딩) 2004년 2학기 수필 기초반 강사 손광성 선생님
  께서 서민웅 반장에게 수필 모임을 만들도록 권고
- 서민웅 반장이 모임 정관(안)을 만들고 수강생 중 희망자 20명이 모임 결성

창립 총회

- 일시 : 2005년 6월 20일
- 장소 : 광화문 인근 식당
- 참석자 : 손광성 선생님, 희망자 20명
- 회의 결과 : 정관 원안대로 통과
- 임원 선출 : 회장 서민웅, 총무 청랑

정관 개요

- 명칭 : 느티나무문우회(줄여서 '느티나무'라 함)
- 목적 : 회원 간 서로 돕고 수필문학의 질적 향상과 발전 도모
- 사무소 : 서울특별시
- 업무 : ① 수필문학의 창작과 협조   ② 회원 간 친목과 복리증진
         ③ 기타 목적에 부합하는 사업
- 회원 : 서울시민대학에서 수필창작반 강좌를 수료한 사람 중 가입한 사람
         ※ 위 대학이 기능 상실하여 2011년 12월 17일 '서울시민대학 수료' 삭제

회원 변동

- 창립 : 20명, 2025년 6월 20일 현재 15명(창립 시 회원 7명)

    ※ 작고 : 임영근, 정옥순

합평회 운영

- 장소 : 서울시민대학, 광화문 식당, 신촌 민들레영토, 삼청동 진선북카페,
    정독도서관, 동대문도서관, 마포평생학습관 등
- 2005~2020년 월 2회, 작품 4~5편, 2021~2025년 월 1회, 작품 2편 내외,
    봄·가을 야외 합평회
- 합평회 별로 주관자 지정 운영

친목 행사

- 연 1~2회 야유회 친목 행사 : 강원도 영월, 속초, 경상북도 울진, 경기도
    가평 아침고요수목원, 화성시 국화도, 의정부 등
- 일본 대마도 문학기행

동인지 발간 및 자축연

- 창간호《느티나무》: 참여 회원 14명
- 발간일 : 2009년 7월 25일
- 회　원 : 김 은, 김인희, 서민웅, 서장원, 서정순, 손명선, 왕 린,
    　　　　임영근, 정옥순, 조유안, 지영선, 청 랑, 최문정, 한영옥

- 제2호《그네에 앉아 비상을 꿈꾸다》: 참여 회원 14명
- 발간일 : 2011년 6월 25일
- 회　원 : 김명희, 김 은, 서민웅, 서장원, 서정순, 손명선. 왕 린, 임영근,
    　　　　정옥순, 조유안, 지영선, 청 랑, 최문정, 한영옥

• 제3호 《달개비꽃》: 참여 회원 15명

 - 발간일 : 2013년 7월 10일

 - 회　원 : 김명희, 김선희, 김 은, 서민웅, 서장원, 서정순, 손명선, 왕 린,
　　　　　이장병, 정옥순, 조유안, 지영선, 청 랑, 최문정, 한영옥

• 제4호 《17번 부표》: 참여 회원 15명

 - 발간일 : 2016년 6월 28일

 - 회　원 : 김명희, 김선희, 김풍오, 서민웅, 서장원, 서정순, 손명선, 왕 린,
　　　　　이장병, 정옥순, 지영선, 조유안, 청 랑, 최문정, 한영옥

• 제5호 《우이령》: 참여 회원 15명

 - 발간일 : 2019년 6월 25일

 - 회　원 : 김명희, 김시은, 김선희, 서민웅, 서장원, 서정순, 손명선, 왕 린,
　　　　　이종호, 조유안, 지영선, 청 랑, 최문정, 한영옥. 허지공

• 제6호(창립 20주년 기념문집) 《시간 여행》: 참여 회원 14명

 - 발간일 : 2025년 6월 20일

 - 회　원 : 김명희, 김선희, 김시은, 김 은, 서민웅, 서장원, 서정순, 송성옥,
　　　　　왕 린, 조유안, 지영선, 청 랑, 최문정, 한영옥

회원 수필집 출판, 수상 등

 - 최문정 《돌아오지 않는 제비, 2009》, 《오래된 피아노, 2016》

 - 정옥순 《햇살의 유혹, 2009》

 - 서정순 《60, 내 생의 쉼표, 2013》: 한국출판문화산업진흥원 세종우수도서 선정
　　　　 《70, 내 생의 청춘, 2022》

 - 서장원 《설송을 기리다, 2015》: 한국출판문화산업진흥원 세종우수도서 선정
　　　　 《나는 행복합니다, 2021》

- 왕 　린 《그녀의 알리바이, 2017》 : 한국수필문학진흥회 현대수필문학상 수상

　　※ 2024년 아르코문학 창작산실 발표지원 선정

- 조유안 《비 오는 날엔 춤을, 2022》

- 한영옥 《세 번째 스무 살, 2023》

- 서민웅 《볼링공은 둥글다, 2023》 : 한국출판문화진흥회 전자책 제작 지원 선정

　　《10분 간의 긴 여행, 2023》 : 서대문문인협회 서대문문학상 수상

　　※ 회원별로 첫 수필집 출판 시 30만 원 지원

일현수필문학회 참여

- 2015년 5월 15일 창립한 일현수필문학회에 단체 회원으로 동참

　(느티나무문우회 회원 대부분이 일현 손광성 선생님의 제자)

운영진

- 초대 회장 서민웅, 초대 총무 청 랑

- 그 후 총무는 한영옥, 왕 린, 김선희, 지영선이 차례로 맡음

- 현재 회장 서장원, 총무 김 은

　　　　　　　　　　　　　　　　　　　　　자료 정리 : 서민웅

느티나무문우회 창립 20주년 기념문집

시간 여행